Season·草莓·Season.

2

一草 著

Season

2

草莓·
Strawberry

第二季

Strawberry

爱 的 交 换

浙江文艺出版社

为了看《草莓》，我开了一盒新书签，打算夹在想吐槽的情节边。开场八十来页，书签用掉了四五个，看到那些稚嫩到冒傻气的少女心，感觉自己像一个坐拥上帝视角的老妖婆，恨不得一边嗑瓜子一边发弹幕，然而后面的大半部，手里的书签再也没动过……

——书评人　包包

如果要问，这一生，为何不能和最初最爱的人在一起？我想，《草莓》这本书最全面地诠释了答案。

—— 书评人　小舞

合上书的那一刻，我终于明白了书名为什么叫"草莓"，那一段青春，不正是如此稚嫩、甜酸、短暂又易碎吗？我们总是很容易和一些人走到一起，又很快走散，回头看去，除了遗憾，一点痕迹也没有。

——青年作家　江蕊

草叔，《草莓》带给我的感觉和其他书都不同，它给了我很多体会，也教会了我许多道理。总有一些遗憾需要放下，我希望结局能够圆满一点。总之，未来每一天的我，都一直会是你的小迷妹。

——微博读者　夏天的小耳朵

自从看完《草莓》这本书，我爱上了看小说，这是我第一次找到自己喜欢的小说。好开心啊，加油草叔！

—— 微信读者　竹郁咪呀 Q

等下册，真的等不及了，想看后续怎么回事！希望鹿安和七七走下去！

—— 当当读者　好狡猾咩

很庆幸可以看到您的书。很庆幸，这个世界上还有和我一样的人，更庆幸，有人懂我们！

—— 京东读者　FATmonstar

三个女孩，三种不同的青春。有的暖甜，有的苦涩，正如草莓一样。看到半夜 12 点，看完掩卷，心中怅然。无论什么味道，都是仅有一次的青春啊！失去后再也不会回来，像我这个年纪的人，唯有对书回味，羡慕与惆怅。

——豆瓣读者　喜欢电影

草莓时期的我是什么样的呢？脆弱，不堪一击，相信美好的友情和爱情，天真又幼稚……读这本书真的挺有共鸣的，卢一荻是我，陶梦茹是我，璐宛溪也是我……

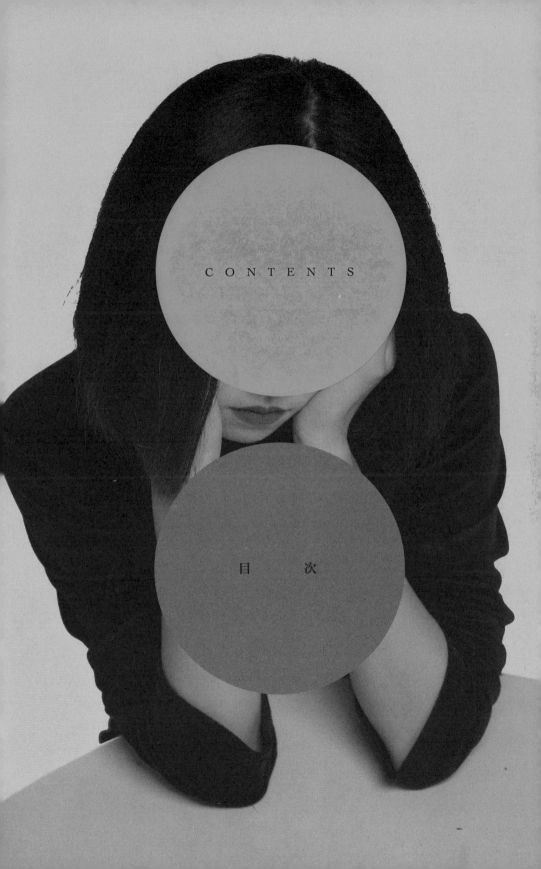

CONTENTS

目　　次

SCENE

1

STRAWBERRY

草莓

璐宛溪

———

第一幕

记忆枯井

19 岁那年，我经历了人生的第一次分手。

我竭尽所能地装作无所谓，一点都不为那个叫鹿安的男生伤心难受。

我以为自己可以足够坚强，可以和别人不一样。

直到最后才发现，从分手的第一秒开始，我就没能挣脱分手的桎梏。

感情世界里，我们都是语言的巨人，行动的侏儒。

1

分手是什么？

是分手快乐，祝你快乐，我可以找到更好的。

还是，想象着没你的日子，我是怎样的孤独。

这些都是，这些也都不是。

分手天空是灰色的，心情是阴郁的；分手是对什么都不再感兴趣，一想到那个人心就好痛。

分手是想回头却不可以，想放手又舍不得；分手是想忘却怎么也忘不了，想跑怎么都跑不掉。

分手是走在路上总觉得前面那个背影是你，分手是听到别人声音想到的只有你。

分手是一叶障目，也是一夜长大。

分手是一个人的逃亡，也是漫无目的的流浪。

19 岁那年，我经历了人生的第一次分手。我竭尽所能装作无所谓，一点都不为那个叫鹿安的男生伤心难受。

我告诫自己，分手是人生必经之路，这世上每分每秒都有人在失恋，过分强调自己的感受，未免太矫情。

我以为自己可以足够坚强，可以和别人不一样。直到最后才发现，从分手的第一秒开始，我就没能挣脱分手的桎梏。

感情世界里，我们都是语言的巨人，行动的侏儒。

2

春风十里，不如你！

记得半年前的一个午后，阳光和煦，岁月静美。

我、鹿安，还有甄帅在奶茶店的后院玩游戏，中局休息时我装作不经意地随口问鹿安："哎，如果有一个长发、大胸、小蛮腰，特性感的妹子主动坐你腿上，你会心动吗？"

"必须的啊！"一旁的甄帅抢着回答，"能有这好事？哪儿呢？"

"烦啦，又没问你！"我瞪了他一眼，然后小心翼翼地看着鹿安，"你呢？会心动吗？"

"我根本不会让这样的女孩坐到我腿上。"他微微侧着脸，慢条斯理地说着，声音温柔且动听，屏幕的亮光和他眼神里闪烁的色彩相映成趣，是那么和谐、美好。

一时间，我竟然看得痴迷，忘了问题。

"哈哈哈，这算什么回答？大哥，你肯定没好好听题。"甄帅乐不可支，对我做鬼脸，"完蛋了，七七姐要生气咯。"

"太棒了！"我却高兴极了，这样才对嘛。

"什么情况？"甄帅刚咧开嘴还没来得及合上，一脸沮丧，"整了半天原来是脑筋急转弯哪！"

"废话，照你的回答早死八百回了，"我奚落他，"难怪卢一获总不待见你。"

"喊，明明是你们女人太复杂，有话不能好好说，"甄帅大叫，"再来，我不服。"

"有一天，我的眼线笔没水了，我要用的话只能不停地甩啊甩，如果你是我的男朋友，请问你会怎么办？"

"我会帮你甩，甩到你能用为止，"甄帅一脸的神气，"哪能让您受这个累呢？我说亲爱的璐宛溪小朋友，这下你该满意了吧。"

"我会给你买支新的！"鹿安转过头，深情地望着我，"我是不会让我女朋友的眼线笔没水的，永远都不会。"

"完美！"我幸福极了，他的话每个字都说到了我的心底，都是我最想要的。

"唉！我说你们一天到晚整这些没用的干吗，累不累？"甄帅垂头丧气地将耳麦摘下扔到一边，感叹起来，"女人心，海底针，还真是。"

"不累啊，就是要考验考验你们男生心里到底有没有我们！"我伸手轻轻拍拍鹿安的头，"算你乖，可是你真的是这么想的吗？"

鹿安嘴角的笑意更重了："想听真话还是假话？"

"当然是真话咯。"我面朝鹿安，轻轻闭上了眼睛。彼时我的脑海中，满是他要对我说的甜言蜜语，我要用最温柔的心迎接。

结果却是——

"你这些问题应该都是从网上小视频里看到的吧？"

"嗯哪，你怎么知道？"我心里一咯噔，猛睁开眼，"啊！你不会也……"

"我确实也看过。后面好像还有好几道题，答案我都知道。"

“所以其实你心里根本不是那样想的，对不对？”

鹿安没回答，而是和甄帅相视一笑，然后一起没心没肺地乐了起来。

那表情，和上次他们在饭店看到我误把洗碗水喝下去时一模一样，特别幸灾乐祸的那种。当然也特别贱，特别气人。

答案已经不言而喻。

唉！我又尴尬又委屈，看来我又天真了一回。

“七七，瞧把你给美的，”甄帅当然不会放过这个还击我的绝好机会，学着我微闭起双眼，“你们女生最爱做这种自以为是的事了，还 Bingo 呢，瞧你刚才那表情，快别做白日梦啦！”

“你们两个好讨厌哦！”因为觉得没面子，也因为可以肆无忌惮地在鹿安面前任性耍脾气，记得当时我佯装生气，噘着嘴跑了出去，然后在奶茶店外徘徊，等着他追上来。

我知道他一定会追上来，然后哄我，向我道歉。

恃宠而骄，对，鹿安有多宠溺我，我就有多任性。

那时候，我是如此相信他，也是如此相信自己。

3

现在回望，那段时间应该是我在这份短暂的情感中最为自信，也最为开心的一段时间。

是的，那时候的我们多好啊：每天放学后我会第一时间赶到奶茶店，做着家务，看他健身，给他点外卖，将被他和兄弟们折腾得一塌糊涂的地方收拾得整洁如初；他会陪我去欢乐谷玩遍所有我不敢玩的项目，然后在阳光暴晒下排队半个多小时只为了给我买爱吃的冰淇淋，回家路上我困极了将头枕在他肩膀上睡了一路而他始终一动未动就怕惊醒我；我们之间总有打不完的游戏、说不完的话，为了陪我他可以在楼下给我打整晚的电话；在他的手机里有我很多很多照片全是他偷拍的，而且他的开屏密码还是我的生日号码；为了给我过生日，他竟然憋了那么久做了那么多准备然后给了我一个终生难忘的惊喜……

更不要说，看到我被人欺负他竟然违背曾经立下的承诺，重出江湖，替我出头，将那个坏蛋狠揍了一顿。

回顾往昔，真的有太多太多的温暖和感动。

我们彼此信任着，欣赏着，时刻关心着对方，哪怕偶尔的小吵嘴，也透露着浓浓的爱意。

有他在身边，我就拥有前所未有的安全感和幸福感。

在此之前，我从来没有体验过恋爱的感觉，但我一点儿都不遗憾，我相信我等的人也一直在等我，我希望第一个走进我心里的男孩也是最后一个，而自从心里有了鹿安，我觉得一切都不晚，一切都很完美。

真的，很长一段时间内，我相信这份感情可以地久天长。

但，我错了，我还是太幼稚。

我忽略了美好的时光总是短暂的事实和易碎的本质，这才过了几天？一切就变得面目全非。

为什么会这样？鹿安究竟对我隐瞒了多少过往？那个草莓姐究竟是何方神圣，为了她，鹿安竟然会置我们的感情于不顾，还是说世上根本就不存在这么一个人，她只不过是被捏造出来用来伤害我的幻象？否则他何以不敢带我去见她，甚至不愿向我提及有关她的点滴呢，究竟是不愿意还是不能？

我不知道这背后真相究竟是什么，我只知道不管如何，他都不可以这样对我——我对他全心全意、毫无保留，可他却毫不留情、完完全全地伤害了我。在给予我最甜蜜幻想时将我狠狠摔倒在地上，并且不管不顾，所有的幸福和憧憬戛然而止，我真的无法接受这样的结局。

所以，鹿安，我恨你！

4

鹿安，我恨你！

在此之前，我从来没有尝试过去恨一个人，甚至，我从来没有想过要恨一个人。

从小到大，我都是个幸福感爆棚的人，我饱享生活馈赠，无论成长，还是情感，得到的都远远超过我的索求，我一直觉得自己真的很幸运。

我以为自己可以一直这样幸运和幸福下去，却怎么也想不到，所有我曾经引以为傲的拥有都在不经意间分崩离析，那些原本被我捏在手心里的幸福仿佛商量好了一样，齐声逃离，不见踪迹。

而我也从此成了孤家寡人，形影相吊。

爱情如此，友情也如此。

曾经，我有两个最好的朋友，卢一荻和陶梦茹。我们一起长大，形影不离，说好这一辈子都不分开。对此，在长达十年的时间内，我都深信不疑，并且身体力行——为了不分开，我甚至愿意放弃出国留学的机会，并且不惜与全家人为敌——是的，我以为这世上根本没有什么力量可以戕害我们纯真的、完美的、无坚不摧的友情。

然而，就在我最需要她们之际，她俩却先后离我而去。对此，我做不到无动于衷，却又无能为力，只能眼睁睁看着她们渐行渐远，这真是一件残酷至极的事。

5

先离开的那个人是卢一荻。

当我重新理性审视，我不得不承认，在我和她的关系中，其实我一直处于付出的那一方。这本无可厚非，任何一段关系有人主动就有人被动，但问题是，我付出的多，要的也更多，可是我要的总是无法得到满足，所以难免会失落，然后再投入更多，宛若赌博。

卢一荻正好相反，她不付出不迎合也不拒绝，我俩在一起，更像是我一个人的独角戏。只是无论我如何卖力地表演，对面的她始终表现出一种不走心或冷漠，从小到大皆如此。

我其实早就心知肚明，却始终不敢面对，更不敢挑明，因为害怕失去。我自忖无法承受这种失去，所以面对"皇帝的新装"只能视而不见，然后一厢情愿地去将就，去更加卖力地表演，以此维持我们"纯洁无瑕"的友情。

事到如今，我必须承认，我尽管不善伪装，但自欺欺人确实算是拿手好戏。"幸福"成了我的标签，却也成了我的包袱。于是假装幸福也变成了我不自觉的零和游戏。以前不觉得有问题，现在冷静下来，才发现那是多么大的荒诞和讽刺。

可不管如何，至少表面上我们还是"亲密无间"的好朋友，如果我们可以一直这样假装下去，那倒也不失为一种完美。然而天不遂人愿，自从她和那个叫余阮的男人好上后就性情大变。她的心思不再放在我身上，她找到了更吸引她的情感寄托，从此对我就连虚与委蛇都不屑。她的世界很快只剩下这个男人，哪怕被他一次又一次无情伤害，却犹如飞蛾扑火，在所不惜。

是的，彼时我还坚定地认为她的爱情是伤害我们友情最大的凶手，我仍然没有意识到"阶层"甚至"阶级"引发的巨大沟壑才是戕害我们关系的罪魁祸首，而且这是不可逆，更是无法调和的，从第一天开始这段友情就注定会是悲剧的。

面对她的突然冷漠，我始终没有放弃，甚至付出了更大的热忱、更多的关心，试图将她挽回。

我天真地以为，只要卢一荻不再和那个浑蛋在一起，她就会重新回到我身边。可是我错了，即使在她被余阮彻底抛弃的那段最黑暗的日子里，她也没有表现出对我的留恋。甚至，她的冷漠变成了一种攻击，仿佛我才是伤害她感情的元凶。

这样的卢一荻让我感到心痛且恐怖，我犹如溺水之人，越是走投无路就越是慌不择路，我一次次苦苦哀求，就差摇尾乞怜，却都无法让她回心转意，甚至从她的眼神里，我可以感受到她对我日渐浓烈的厌恶。

我不知道为什么会这样，只是觉得这很不公平。因为我并没有做错什么，她为什么要这样对我？

卢一荻，我需要你给我一个解释，哪怕是善意的谎言、虚伪的借口，也好过像现在这样，以沉默和冷漠，一次又一次刺痛我本已伤痕累累的心。

6

没了鹿安，没了卢一荻，陶梦茹便成了我情感里最后的依托，甚至，我的救命稻草。

很多年后，我才意识到，彼时我最大的问题就是总是把安全感寄托在别人身上，付出了就要求回报，没得到想要的就会失落。问题是，别人真的靠得住吗？为什么不能尝试着自己去给自己安全感呢？

只可惜，这么浅显的道理，当时的我并不懂。

事实上，当鹿安和卢一荻都无情将我"抛弃"后，我便迎来了生命里的至暗时刻，我想只要陶梦茹还在，只要我们还能像从前那样相依为命，我就不会那么痛苦，那么绝望。

只可惜，这根救命稻草也放弃了我，而且以更直接、更决绝的方式。

是的，陶梦茹，我相守相伴了十年、曾经以为永远不会伤害我更不会背叛我的好闺密，在她 20 岁生日刚过没多久，因为先天性心脏病，永远离开了我。

对此，尽管我早有心理准备，可那天上午突然接到梦茹妈妈的电话，听着阿姨哭泣着告诉我梦茹就快不行了时，我还是无法接受这个噩耗。要知道，就在两天前我还去医院探望了她，当时她气色颇好，心情也很不错，温暖的阳光从窗口透了过来，打在她白皙的脸上，看上去是那样安详和健康。

那天我们手拉手聊着过去，一桩桩细小温馨的往事让我们不时会心一笑，那种感觉如此美好。后来我们聊到了她暗恋多年的崇礼，我把崇礼的近况悉数讲给她听，她红着脸，听得好仔细，在我叙述的间隙还轻轻附和："嗯嗯，他就是这么傻的，一点儿心眼都没有。"眼睛里满满都是爱，多得好像就要溢出来。

她开心，我就高兴，借机鼓励她一定要积极接受治疗，早日战胜病魔，然后勇敢地告诉崇礼，她其实就是在网上陪伴了他两年之久的天使姐姐。这一次梦茹没有拒绝，她似乎也对自己和崇礼的未来充满了信心，于是我俩又一起脑补了将来她和崇礼在一起时的各种美好画面，我说等你们结婚时，我一定要当伴娘，将来我还会将你们如此不平凡的爱恋写下来，将你们的故事传颂，相信所有看过的人都会为之动容。

梦茹微笑着听我描述着美好的未来，表情真的好幸福，一边的护士小姐姐和病友都被她感染了，纷纷为她奉上最真挚的祝福。

这才过去多久？为什么病魔又肆无忌惮展示它的獠牙？为什么一切希望都消失不见？

挂了电话，我发疯了一样冲向医院，我好想还能看到她最后一面，我要让她带着我的影子前往天堂。可是来不及了，等我赶到时，梦茹已经永远闭上了双眼，她的表情是那么安详，仿佛没有受过半点儿伤。我抱着她的遗体号啕大哭，从小到大，我从来没有哭得那么撕心裂肺过，我真的无法接受我最好的朋友就这样永远地、彻底地离开了我，那一瞬间，我甚至产生了想随她而去的念头。

真的，我一点儿都没夸张，更没有虚构。站在 19 岁的分水岭上，我没了鹿安，没了卢一获，现在连陶梦茹也失去了，我觉得自己真的很可怜也很失败，如果不是因为害怕至亲们太过伤心，我真不觉得这个世界还有什么值得我留恋的地方。

我是不是很傻？是的，傻到没治了。

老天是不会放过傻瓜的，所以我遭遇的一切都是咎由自取，我活该。

7

从医院回去后，我万念俱灰，大病一场。

我变得神经衰弱，害怕听到别人发出的欢声笑语，拒绝看到人间的生机勃勃，仿佛得了被迫害妄想症一样，觉得所有这些都是对我的讽刺侮辱。我请了一个星期的病假，自己关在房间里，拉上窗帘，然后躺在床上，用被子将自己裹得严严实实的，这样才能够获得一丝微弱的安全感。

黑暗中，我不停地哭，为了梦茹，也为了自己，此时此刻，除了眼泪，我周身上下，没有一处是自由的。

哭着哭着，我又情不自禁地想起了和鹿安交往的点点滴滴，我突然想起他曾经问我的话，于是立即找出《大话西游》来看，看到最后泣不成声。

不戴金箍，如何救你！

戴上金箍，如何爱你！

我终于明白了三颗痣的意思。

可是，一切都来不及了。

我失去了鹿安，失去了这个我命中注定的男生。这或许就是我们的宿命，一如至尊宝和紫霞。

是命，就只能接受。

真可笑，我竟然也信了命。以前卢一获和陶梦茹总这么说，我还笑话她们，现在想想，真正可笑的人，是我自己。

哀莫大于心死，悲不过自我否定。

这两样，我竟然全占了。所以，我是悲哀中的悲哀。

8

后来，我的身体明明好了，可仿佛失去了魂魄一样，每天都浑浑噩噩地活着。

行尸走肉，对，那时的我，就如行尸走肉。

再后来，在陶梦茹简单的告别仪式上，我见到了卢一荻。我们简单地打了声招呼，客套得像朋友。

我清晰记得那天她的眼神很奇怪，有点儿悲伤，有点儿慌乱，似乎还有点儿恐惧，反正是我此前从未见过的。

我不在身边的这些日子，她又遭遇了什么？面对陶梦茹的离开，她究竟是无动于衷还是也备受打击？我好想问个究竟。

可是我没有机会。仪式还没有结束，她便先行匆匆离开，没和任何人打招呼。我想了会儿，追了出去，却怎么也找不到她，只是在一个不经意的转角，看到了一摊泛绿的呕吐物，仿佛在诉说着它主人心情的惊心动魄。

说起来，这摊污秽，竟是那段时间我和卢一荻为数不多的连接，也不知是庆幸，还是悲哀。

9

很多年前，草叔在一本书上写：人的欲望是循序渐进的。我们永远无法、也不要去规划明天的自己。

失恋后，我对这句话有了深深的体会。

我的意思是，从最初的不甘和愤懑到后来的不舍和留恋，我通通体验了一遍。所有刚分手时说过的狠话、发过的誓言，很快随着越来越强烈的思念而烟消云散。而倔强的内心也一而再，再而三地去妥协。

是的，和鹿安分手后，我其实主动联系过他，而且不止一次。

这是我做过的最为低到尘埃的事，以赌徒的心态，总奢望在最后的底牌翻开之后，能够反败为胜。

结果却是一步一步沉沦，越陷越深，最终积重难返，前行不了，后退不能，就那样孤零零地悬在半空中，难堪又难受。

第一次主动联系鹿安，发生在刚闹分手后没多久。尽管我们已经一连好几天没有任何交流，可我并不相信鹿安会真的狠心不要我。首先这完全不像他的性格，其次没有任何道理——明明是他做错了事，伤害了我，不是吗？

我以为他最多只是真的生气了，因为觉得我无理取闹还有不信任他，所以和我置气而已。以前我们也不是没闹过矛盾，可每次都是他主动向我道歉，什么时候原谅他还得看我心情。所以这回一开始我也在等，我告诉自己只要他一道歉就立即原谅他，甚至可以不再继续追究"草莓是谁，你们之间究竟有过什么过往"。

可是我却怎么也没等来他的主动，他仿佛人间蒸发了一样，音信全无，而我这边已经难受到极点，于是我决定妥协，我对自己说：算了，不要和这个人一般见识了，还是个大男生呢，而且还比我大那么多，真是小气得要命，算了，算了，还是我主动一次吧，等和好了，再慢慢收拾他。

　　这个想法让我很是兴奋，仿佛被宣判了死刑的囚犯重新获得了生机一样。我决定给他发一条和解信息，既表明了态度又不至于丢份的那种。我酝酿了很久，写了删，删了写，整整折腾了一晚上，最后惴惴不安地发了过去。

　　彼时在我心里，其实根本不相信，更没有接受我们已经分手的事实。我以为我都主动示弱了，台阶也给他了，他肯定会立即响应，甚至要求立即见面也说不定呢! 想到这里，我的嘴角情不自禁绽放出久违的笑容。

　　可是我错了，那条信息犹如石沉大海，没有惊起一丝波澜，我足足等了两天，也没等到他的任何回音。

　　那两天我特别脆弱、特别敏感，手机发出的任何声响，我都会以为是他给我回信息了，不管当时我在做什么，都会立即打开来看，就连夜里都是抱着手机入睡的。一次次希望，又一次次失望; 一回回幻想，又一回回受伤，最后都变成了愤怒。

　　我真的特别特别生气，他要是不能接受我的和好请求，明着说一声就是了，我像那种死缠烂打的人吗? 沉默不语算什么? 玩消失又算什么? 这也太欺负人了吧。士可杀不可辱，他再没文化，也应该听过这句话吧，讨厌!

　　我当然不会就此作罢，于是又写了很多条冷嘲热讽的信息一股脑发了过去，相处这么久，我太知道他在乎的点在哪里了，他让我不舒服，我也不能让他好过，哼！

"鹿安，你根本就不算个男人。"

"知道吗？我最后悔的事就是认识你。"

"你这个人根本没长心，难怪你喜欢钢铁侠。"

换作平时，看到我这些杀伤力十足的信息他不气炸才怪，可这次他依然没任何回应，就好像压根没看到一样，不，他当然看到了，他只是不屑，只是无视，这才是对我最大的伤害。是可忍，孰不可忍，最后我也懒得煞费苦心地打字了，直接对着手机通过语音"破口大骂"起来，可结果还是一样——根本不回应。

直到此时，我才意识到事态绝非我想象的那么简单，鹿安这次一定是动真格的了。可是，就算来真的，有必要对我不理不睬吗？做不成恋人还可以做朋友啊，就算是陌生人也有个礼尚往来吧，像这样当缩头乌龟算什么意思？

不行，我必须问个明白。

我决定直接给他打电话，我真的是鼓足了勇气，并且把要说什么，用什么语气，他说什么我再怎么回，我的情绪应该怎样调整等全部想好了，然后在做了足够的心理建设后，终于拨打了那个每时每刻在心头萦绕的电话号码。

电话很快打通，我的心几乎跳到了嗓子眼，可是很快就被挂断。

再打，再挂断。

继续打，干脆关机了。

我跌坐在床上，心里一阵刀割般的疼痛，失魂落魄地看着手机，怎么也不明白为什么会这样。

我不知道自己还能做什么，总不能直接打上门去，当面摇尾乞怜，哀求：求求你，原谅我，我们和好吧，我真的不能没有你？

如果这样真的能够让他回心转意，其实也不是不可以。

我真是太卑贱了，这样的我让自己觉得陌生又可怜。

就在我胡思乱想之际，手机突然传来信息提示音，赶紧打开，他终于给我回信息了，我的心跳速度立即飙升至极限，以最快的速度点开信息，只有冷冰冰的短短几个字——

"不要再联系我了。"

怔怔看着这句犹如死刑宣判书的话，我哑然失笑，这才明白，原来他是真的不要我了，原来我们真的分手了，原来所有的一切黑暗都是真的，不是游戏，不是虚幻，更不是我的杞人忧天。

我羞愧难当，无地自容，却不知道该如何是好，我手足无措，局促不安，眼前一片黯然，而分手后的黑暗时光，也从那个时候正式拉开了序幕。

10

心情悲伤的时候，全世界都在下雨。

那天我抱着手机，哭了整整一夜，眼睛都哭肿了，泪水都流干了——是的，原来泪水真的是可以流干的。

可是我仍然不甘心，我还是想知道他为什么要这样对我。

甄帅成了此刻我唯一能够抓住的救命稻草。谢天谢地，面对我的不解和痛苦，他不但没有表现出冷漠，反而给予了足够的理解和安慰，这让我多少感到温暖。只是理解和安慰都不是我要的答案，而我想知道的答案，他却什么都不肯说。

"亲爱的七七，你就别问了，我都懂，真的，有句话怎么讲的？同是天涯沦落人，没错儿，其实现在我的心情和你一样痛苦，一样绝望。不，我还不如你呢。你不爽了还能去质问我大哥，甚至骂他两句，可我呢？被卢一荻伤害得那么深，江湖上现在都传我是一只绿头乌龟了，想我甄帅怎么着也算个人物吧，什么时候受过这种鸟气？可我连屁都不敢放，反而要过去安慰她，哀求她不要生气，不要离开我。又有句话叫什么来着的？摇尾乞怜。对，现在我就是条狗，在卢一荻面前，除了摇尾巴，说好话，我什么都做不了。你总比我好多了，知足吧，七七。"

"说来说去，是要我来安慰你咯，"我气不打一处来，"甄帅你可真行，以前怎么就没发现你还有这本事。"

"你误会我了，我真没转移话题。我的意思是……再有句话怎么说来着？车到山前必有路，放下就是幸福——不对，这是两句话，不过也没毛病——七七，你放下吧。"

"我不要听，"我反诘，"既然卢一荻压根不搭理你，可你还是像个狗皮膏药天天缠着她，你为什么不放下？"

"你以为我不想？我这不是想放可放不下嘛。"甄帅一脸无奈，"再说了，咱俩情况不一样，不能相提并论。"

有戏，我赶紧问："怎么就不一样了？"

"一个主动，一个被动呗。这你还不明白吗？"

"不明白，"我急了，"你快说，别总兜圈子，烦死了。"

"卢一荻不搭理我主要是因为那个余阮在背后捣鬼，我知道那不是她本意，只要等我抓住余阮，将他从卢一荻身边赶走，到时候她自然会回心转意，"甄帅挑了挑眉毛，"可是大哥对你这样和别人无关，是他自己的选择。"

我强忍着心痛："谁说的？草莓……"

"这事儿和草莓姐没半毛钱关系，"甄帅打断我，"大哥不是一个冲动的人，他做任何事都很理性，都是经过深思熟虑的。"

我苦笑："深思熟虑后才决定伤害我，他可真够狠心无情的。"

"不能这么说吧，人是很复杂的动物，有的时候其实我们也不知道自己为什么要那样做，更多是凭感觉。嗯，好像有点儿前后矛盾，不过事实就是这样。"

"甄帅，还能不能说得再模棱两可一点？"

"哎呀，七七，我已经说得够直接了，你让我想想该怎么总结啊……"甄帅努力翻着白眼，突然冒出来两个字："恐惧！"

"恐惧？"我皱眉，"什么意思？不懂。"

"就是字面的意思，我说的难道不是中国话？"

"行了，你好好说，别嬉皮笑脸的，都什么时候了！"

"没不好好说啊，你没听过那句话吗？爱其实不是一个人做决定最大的动力，恐惧才是——你没听说过也很正常，因为这句话是我刚想出来的，是不是很有感觉？"

"挺好的，可这和鹿安无情无义抛弃我有什么关系？"

"因为他恐惧呗，这有什么不明白的呢？"

"我就是不明白，我和他好好谈着恋爱，又没有成天拿刀要杀他，他有什么好恐惧的？"

"哎呀，他的恐惧和你没关系的。"

"那和谁有关系？草莓——你不是说和她也没关系吗？难道还有其他女人？"

"晕，越说越乱，得了，我真的只能说这么多了，再说我就要犯错了。"

我急了："不行，你必须说清楚。"

甄帅也急了："这事儿就说不清楚，恐惧就是恐惧，因为受过伤害，更因为害怕失去。所以有时候宁可不拥有，也绝对不能再失去。"

"拜托，你能帮他编个再好点儿的理由吗？"我怒不可遏，"他害怕失去我，所以才伤害我、不要我？真把我当傻瓜了？我根本不接受。我现在就觉得你俩沆瀣一气，狼狈为奸，一起在欺负我。"

说完，我的眼泪又不自觉地流了下来："算了，结果最重要，说什么都没用了。"

"七七，你别哭了，你再哭，我都要掉眼泪了，"甄帅给我递纸巾，"我真没骗你，大哥经历过失去，所以会害怕再来一次，这种恐惧已经成了他的心魔，我们是根本无法理解的。"

"说来说去，还是和那个草莓有关，"我有些犹豫，"要不你跟我讲讲他们的故事吧，我有点兴趣了。"

"不行，不行！"甄帅想也没想便摇头。

"为什么？"

"因为……"甄帅齐刷刷地伸出四根手指头，"第一我不愿意，第二我不能够，第三其实我也不怎么知道。"

"第四呢？"

"什么第四？"

"你不是伸出四根指头吗？可才说了三点。"

"哦，我伸错了，"甄帅将手指头收了起来，"反正你千万别问我就是了，否则大哥会骂死我的。"

"你好讨厌啊！那个人怎么什么都管着你？"我瞪他，"你就不能有点儿自己的想法吗？"

"随便你怎么激将我，没用，以后有机会，你还是让大哥亲自和你说吧！"甄帅嘿嘿一乐，"唉！说来说去，你们几个人的事，别人说不清的，解铃还须系铃人，我大哥哪哪都特明白，不过感情上还是挺作的，谁都没法劝，只能看着他作下去，看到底最后能作出什么花来。"

"唉……好累！"我没再说话，而是以手掩面，长叹了口气，感觉身体里的最后一丝力量已经被抽离，"我不为难你了，你走吧。"

泪水，从指缝间淌了出来。

"得了，就知道你最后还是得埋怨我，"甄帅急得汗都下来了，一拳重重砸在桌上，"七七，你就记住，不管大哥如何对你，其实都是为了你好就行，你就统统接受，别折腾了，就当哥求你了，哥真受不了看到你这么痛苦，行吗？"

我擦干眼泪，深呼吸一口气："好，我知道了，谢谢。"

"你都知道啥了？"甄帅强颜欢笑，"咋还谢上我了呢？我什么也没帮上你。要不我们再唠两毛钱的，说不定就能唠出啥答案呢。"

"算了，答案已经不重要了。"甄帅说得其实没错，不管鹿安到底出于什么原因，这个结局已经尘埃落定，现在我能做的，就是接受，然后放下。

只是一想到将来有一天，我会忘了鹿安，会不再喜欢他，从此他的一切都和我无关，我就好难受好难受，这简直是世上最残忍的事。

眼泪，大颗大颗涌了出来。

"七七，你没事吧？你别哭啊，我最见不得女生哭了。"甄帅看着我，手足无措。

"放心吧，死不了的，"我苦笑，边摇头，边感慨，"我就是觉得现在的一切好不真实。半年前，我怎么也想不到生活会变成现在这样。恋爱，分手，背叛，伤害，江湖，恩怨，曾经我的生活和所有的这些都是绝缘的，可是现在纷沓而至，我真的吃不消了。我真希望早点儿能回到过去，平平淡淡地生活。

"甄帅，你回去告诉鹿安，他的好意我心领了，让他放心，我不会再缠着他的。还有，请他不要再偷偷跟踪我了。既然他已经做了决定，那么就不要再给我任何希望。他过去对我的好，我都会记在心上；他现在对我的无情，我也不会忘，从今以后，我们两不相欠，再见面，就真的是陌生人了。"

11

那天后，我真的做好了一辈子都不再和鹿安联系的决心，甚至暗自发誓，如果我再主动，就不得好死。

我熬了一个多月，每一天都度日如年，了无生趣。

我以为借助时间的力量，可以忘了他，可是根本做不到。思念宛如核裂变，越变越强烈。终于，一个周末的午夜，在酒精的刺激下，我再次食言了——那段黑暗时光里，酒成了我新的好朋友，它足够忠诚，并且给力，我总是一个人偷偷饮酒，直到把自己喝晕过去。一醉解千愁是对的，酒壮尻人胆也是对的——那天晚上我又喝了好多好多，酒精给了我莫大的勇气，什么害羞，什么尊严，什么顾忌，什么委屈统统不见了，只剩下一个念头：你必须和我说个明白，你为什么要这么对我？

鹿安的微信和 QQ 早被我拉黑了，手机号码也删除了，可这些都是形式主义，当时我的大脑明明那么晕，可他的号码我还是背得滚瓜烂熟。

电话完整响了一遍，我不甘心，再打。每次都一样，没人接听，却也没有被挂断，如果在清醒状态下，我想的肯定全是不好的那一面——他不愿意接我电话，可在酒精的加持下，我看到的全是好的那一面——他也没挂我电话，所以，每次听到忙音后就继续拨打。

我足足拨打了半个多小时，就在行将放弃之际，电话终于被接通，我也终于又听到了那熟悉的、魂牵梦萦的声音，听到他再次呼唤我的名字。

"七七……"

他的嗓音有点儿干涩，还有点儿沙哑，有点儿陌生，还有点儿迟疑，可那千真万确是他的声音，我无比熟悉和怀念的他的声音。当他的声音在我耳边响起的那一瞬间，我所有的心理建设全部瓦解，所有的准备全都落空，所有的矜持统统消失，所有的恨烟消云散，剩下的只有排山倒海扑面而来的委屈。

我心里对自己说：不要哭，不要哭，千万不要哭。

可是我根本忍不住，几乎没有半分犹疑，便对着手机号啕大哭起来，并且借着酒劲儿不停质问："鹿安，你为什么不接我电话？你在干吗？"

"手机不在身边，刚看见，"他的声音明显不安，"这么晚了……"

"我不管，鹿安，你为什么要这样对我？你为什么要这么过分？

你为什么要这么绝情？"

　　"七七，你是不是喝酒了？"一定是我的举动惊到了他，他的声音变得冷静起来，"你现在在哪儿？"

　　我根本不想回答，只是一个劲儿地宣泄压抑已久的情绪："你为什么要这样对我？我到底做错了什么？我都给你道歉了还不行吗？你知道这些天我是怎么过来的吗？你到底长没长心？你到底想干吗呀？"多日的憋屈和痛苦，在那瞬间统统爆发，我就像，不，分明就是个泼妇。

　　"七七，如果你现在在外面，赶紧回家，听我话，真的很危险的。"

　　"我不听，我为什么要听你话？你是我什么人？你还在意我的死活吗？你根本就没长心，"我冷静了点，不再大声哭泣，哽咽着说，"我没事，我在自己房间呢。"

　　"那就好。"明显听到他松了口气。

　　"鹿安，我就是想问问你，我都知道错了，都主动联系你了，都低到尘埃里了，你为什么还要对我这么狠心？"

　　"对不起！"

　　"我不要你道歉，我要你告诉我为什么，"眼泪又下来了，"就算死，你也要让我死个明白，不是吗？"

　　"对不起！！！"

　　"我说了我不要你对不起啊！"我尖叫，"我只想听你告诉我，你到底还喜不喜欢我？"

沉默。

"你不说，你不说我就当你还喜欢我，既然你还喜欢我，为什么要这么残酷地伤害我？"

一声叹息。

"七七，你不要再问了，我说了，都是我不好，我没得选择，我真的没得选择！"隔着手机，都能感受到他的无助。

"为什么没得选择？你说啊，你说出来我才相信，否则我只会认为是你的借口。"

"我……算了，随便你怎么想吧。"

"好，我相信你是被迫的，我可以接受你的道歉，过去的事我们一笔勾销。"我缓了缓，心头突然一热，那些最想说的话喷薄而出，"鹿安，我不会再怪你，也不会再恨你，我真的好想你，我们和好吧！"

沉默，又是尴尬的沉默，可怕的沉默，我恨死了这种沉默。

"我们和好吧！"我任凭眼泪在脸上横冲直撞，用最后一丝勇气对着手机真情告白，"亲爱的鹿安，难道你忘了我们曾经的点点滴滴了吗？难道你忘了曾经对我说过要宠我爱我的话了吗？那些都不是假的啊！不管过去发生了什么，就让它过去，我以后再也不作了，再也不欺负你了，我们重新开始，可以吗？我求求你了，我真的不能没有你。"

说完，我泣不成声。

"你为什么不说话？是不是觉得很为难？是不是因为那个叫草莓

的女生？没关系，我想通了，我可以接受你们还联系的，我不阻止你们继续联系总可以了吧，鹿安，我不想你不理我，我不想你离开我，我不想……"

"七七，你不要这样。我们的事，和草莓无关。"

"那和什么有关？你告诉我，你为什么要这样对我？你究竟因为什么这么狠心不要我？"

"很多事情现在还不能说。反正都是我的错，是我不够好，是我连累了你，"他的话突然变得沮丧起来，"我根本不值得你去喜欢，我的存在只会伤害你，七七……忘了我吧。"

"不，我不要忘了你，我做不到，我真的做不到。"我仿佛被宣判了死刑，情不自禁发出最后的哀求。

"真的对不起，都是我不好。"他翻来覆去，始终就这句话。

"你别说了，我真的死心了，"我擦干眼泪，一字一字地说，"好，我不要你回心转意了，我也不会再缠着你了，我什么都不要了，我最后只想求你一件事。"

"你说。"

"带我去看一眼草莓，就一眼。可以吗？"

"不行！"他几乎没有任何犹豫就拒绝了我。

"为什么？你不是说和她没关系的吗？你到底在怕什么？我知道你对她好，放心吧，我不会为难她的，我只是想看看她，想知道她长什么样，看一眼我就死心了。"

"七七，你别胡闹了，这是不可能的事。"

"我没胡闹，我就要见草莓，她一定很漂亮吧？是不是特别温柔？肯定特别懂你，比我更欣赏你。我真的好想知道，她到底是怎样的女人，可以让你如此死心塌地？我要你带我去见她，现在就去……"

"够了，你喝多了，"鹿安的声音透露出明显的不悦，"你早点休息吧，以后别喝这么多酒了。"

"你管不着我，我要见草莓，你带我去啊！"

"我挂了，"他顿了顿，"以后……不要再给我打电话，我不会接的，也不要找我，我不会见你的。"

"不要……鹿安……你不许挂，我还有好多话要对你说。"

"再见了，七七，你真的是个特别好的姑娘，是我没有福气，你会遇到更适合你的男孩，他会给你更好的爱。"他的声音分明已经哽咽，装得可真像啊！

"住口吧，鹿安，你玩弄了我，你就是个骗子。"我觉得真的好荒谬，明明是他把我抛弃了，还要奉上对我的祝福，男人为什么可以如此虚伪？

电话里传来了忙音。

我跌倒在地上，天旋地转。

明明在不停流泪，可是嘴角还在笑，对自己的冷笑。明明早知道答案，还要亲口再求证。明明已经被拒绝过一次，还要自作多情再联系，结果又被结结实实侮辱和伤害一次。我真的太贱太贱。

鹿安啊鹿安，都到这个时候了，你都把我伤害成这样了，还为了维护那个女人说我胡闹，你根本就一点都不在乎我。鹿安啊鹿安，我当初真的瞎了眼看上你，我好后悔。鹿安，你听好了，你给我的这些伤害，我不会忘的，我恨死你了。

好了，一切真的都结束了，我已经逃无可逃，退无可退。

擦干眼泪，我挣扎着站起来，突然觉得天旋地转，然后无法自控地狂吐了起来。

那一刻，真是我 19 年人生的至暗时刻。

后来，我明明睁着眼，却又感觉进入了梦境，时光倒流，天地闭合，黑白交替，善恶不分，所有的真实都变成虚幻，而我也宛若来到了一个平行时空，那里刀光剑影，江湖险恶，从此开启了另一种人生。

STRAWBERRY
草莓

卢一荻

———

第二幕

地心引力

从小到大，我一直在伪装。
伪装我很幸福，伪装很多人都喜欢我，伪装我是个正常的孩子，伪装一点都不缺爱。
我是如此擅长伪装，也曾深信不疑自己会一直伪装下去。
那是我活着的唯一打开方式，更是我身上的最后一件衣服。
可就在那个时刻我幡然醒悟——原来我是如此惧怕死亡，原来我还可以换一种活法。

1

你拿什么和我比？你什么都没法和我比！

9岁那年，我便认识了你，第一眼我就很清楚，我俩属于同类。一样的早熟、一样的敏感，也一样的缺乏安全感。

早熟是因为受过伤害，敏感是因为害怕被看轻，缺乏安全感所以总是小心翼翼地把真实的自己隐藏起来，用伪装后的面目去面对这个复杂的现实世界。

是的，我是如此了解你，你也是如此了解我，我俩就像这世上的另一个自己，本该惺惺相惜，互相取暖，因为同病相怜。

然而，我们根本成不了朋友，我们只能是世上最熟悉的陌生人，甚至，最无情的对手。

可是，你拿什么和我比？你真的什么都没法和我比。

我比你漂亮，比你有钱，更比你会逢场作戏。这么多年来，喜欢我的男生如过江之鲫，多看你一眼的却寥寥无几，这已充分说明了问题。即便在友情上你比我占得先机——是的，的确是你先认识的璐宛溪，也的确在我出现时，你俩已经是班上公开的最好的朋友，可那又怎样？不过短短两个星期，璐宛溪便和我走得更近——尽管她总是口口声声强调："荻，梦茹，你俩对我一样重要哦，我们三个人永远都不要分开。"可我还是很笃定在她心中和我更为亲近。

这绝非我的自以为是，更非自作多情，女孩的直觉是不会出错的。我说过我很敏感，当然你也是，所以我们都对这一事实心知肚明，所以你很难受，因为我轻而易举便抢走了你最在乎的专属权利，可你却无能为力，只能无奈接受，并且用尽全力去呵护所有残存的假象，用伪装继续你那卑微的成长。

陶梦茹，你拿什么和我比？从 12 岁到 19 岁，你什么都没法和我比。

可是，为什么就是这样一个什么都不如我的人，却做到了我无比渴望却始终没有如愿以偿的事——

死亡！

在这次堪称终极的较量上，你赢了，赢得彻彻底底。我输了，输得一败涂地。

2

陶梦茹死了，这个和我相爱相杀了十年的人，这个灵魂和我无比相似，表现却大相径庭的人，竟然死了——根本就没给我一丝准备的机会。

好像昨天还好好的，我们还在一起虚与委蛇地谈笑风生、畅想未来，然而今天她就突然没了，从今以后，阴阳相隔。

这究竟是怎样的震撼啊！

我永远无法忘记那个阴风阵阵、乌云密布的傍晚。医院的太平间，当她的遗体从停尸柜里被拉出，缓缓出现在我的眼前时，我内心的复杂感受：惊愕、恐惧、疼痛、无助、愤怒……世上任何词汇都无法准确描述彼时我的心境。

我呆呆地凝视着她苍白的面庞，她的嘴角还流露着淡淡的笑容，仿佛正对我发出最有力的挑衅和回击：看，卢一荻，这一次，我比你更勇敢。

　　我无法接受这样的事实，这个一直什么都不如我的人，此刻竟然以这样的方式对我进行戏谑。而那一瞬间，我更是产生了强烈的幻觉，我分明看到躺在那里的人变成了我自己，我第一次强烈地体味到死亡竟然如此真切、如此逼近，也是如此惊悚，和我之前以为的感受截然不同，那是一种腐朽的味道，令人作呕。

　　我拼命压抑自己的想法，可越是压抑，这股幻念就越强烈，我甚至看到陶梦茹突然睁开眼，从停尸柜里站了起来，她伸开双手，笑意盈盈地对我轻轻召唤，我吓得连连后退，摇头拒绝，最后更是尖叫着从太平间冲了出去，一个人躲在花圃里吐了很久很久，几乎要把五脏六腑都吐出来。

　　彼时我的脑海里始终横亘着一个巨大的质问：卢一荻，死亡近在咫尺，触手可及，请问你到底还要伪装到什么时候？还有什么是你拿不起，放不下，无法面对，不能接受的？

　　是的，从小到大，我一直在伪装。

　　伪装我很幸福，伪装很多人都喜欢我，伪装我是个正常的孩子，伪装一点都不缺爱。

　　我是如此擅长伪装，也曾深信不疑自己会一直伪装下去，那是我活着的唯一打开方式，更是我身上的最后一件衣服。

可就在那个时刻我幡然醒悟——原来我是如此惧怕死亡，原来我还可以换一种活法。

是的，本来我活着，却分明已经死了，而现在，陶梦茹的死，却让我重新活了过来。

擦干嘴角的呕吐物，我浑身通透。我决定，从现在开始，我不会再伪装，不会在意外界的看法，不会再为别人而活。

人生苦短，我要放下所有的恐惧、所有的虚伪、所有的包袱，"重新做人"。

从现在开始，我只会讨好自己，宠爱自己，为自己而活。

陶梦茹，我们之间的较量并没有终结，那些你没有做到便带入坟墓的，我一定会做得很好。

3

为自己而活，就是要做自己喜欢的事，不妥协，不将就。

为自己而活，更是要把时间和精力都浪费在美好的事物上。

所以我没有太多犹豫便办理了退学手续。学校其实是一个特别美好的地方，学习也能够让人成长，这些都是我告别学生身份后的真实感受。如果可以重来一次，我一定不会荒废学业，努力做个品学兼优的好学生，可是现在已经来不及了，而我真的也不是学习的料，所以及时止损不失为一个正确的选择。人贵自知，同时我也深深明白，人的时间和精力都是有限的，而无论时间还是精力，都是资源，都有成本，因此我要把有限的资源用在最值得去做的事情上。

我的内心告诉我，此刻我最真切的渴望、最憧憬的方向便是完成一场一个人的穷游，以梦为马，浪迹天涯，四海为家，手有一杯酒，便可慰风尘。

我立志在 20 岁生日到来前，实现搭车环游中国的夙愿，这真是一件想起来就让人觉得幸福且刺激的事，时间虽然很紧张，难度也极大，但我有信心完成，也一定要完成。

为了实现这个目标，我开始戒烟戒酒，戒懒戒浪，戒掉一切没有意义的坏习惯。此外，我还推掉了所有毫无价值的应酬和社交，开始系统地健身：每天长跑十公里，至少两个小时的 HIIT（高强度间歇性训练），外加高温瑜伽、自由搏击、动感单车等项目，高强度的训练不但让我变得充实，而且分泌的多巴胺使得我身心愉悦，这种快感是之前我无比依赖的唱歌、逛街，甚至恋爱，都无法比拟的。

而为了应对旅途中有可能发生的各种突发状况，我还自学了基础的护理及急救知识。此外，我还将每天的行程都进行了缜密规划，制作了厚厚的一本路书，上面有我需要的所有资料和信息。为了能够拍出足够好的照片，我购置了最新款的单反并配置了各种镜头。考虑到路上很可能会和不同国家的驴友结伴而行，我甚至掌握了至少五个国家的简单交流用语，至于一路会遇见的知名景点的历史人文信息，我更是提前做足了功课……

我向往我心所向，以自己想要的方式过一生，我从未如此纯粹、积极地活过。而生活也很快给予了我梦寐以求的回报，不过短短一月有余，我整个人由内而外发生了很大的变化，用焕然一新来形容也毫不为过。

最直观的感受就是变瘦了，瘦了20多斤，整个人看上去小了好几圈，身材则变得更为苗条和性感，曾经只能艳羡的完美马甲线也出现在了我身上。其次我的气色也好了很多，过去十几年我看上去一直病恹恹的，现在出现在镜子里的自己则是神采飞扬，就连嘴角的笑容都变得更为自信更有魅力。好多次，看着镜子里判若两人的自己，我都觉得不可思议。

4

我无比感恩在经历了那么多黑暗后还能够有此蜕变，我真希望今后能够一直如此美好健康地活下去。

有一天，我无意在书上看到一句话：成长是这世上最美好的一件事，永远有希望，永远不怕输，越来越好，那么多绚烂风景，只有长大了才能看见。

我突然觉得我的人生也充满了希望，并且生平第一次真正感受到了成长的美好。

如果能够始终拥有这种感觉，那该多好！

5

当然咯，那段美好的时光也并非完全没烦恼。

烦恼主要来自他人自作多情的打扰。甄帅和璐宛溪，在这件事上，他俩竟然如出一辙，着实给我带来了不小的麻烦。

因此，想要心无旁骛地出发，必须先摆脱这两个人的纠缠。

先说甄帅，这个曾经被我选为备胎的男生，这个后来被我深深伤害了的男生，事过之后竟然再一次若无其事般地出现在我面前，口口声声告诉我，他依然深深爱着我，只要我愿意，他可以不计前嫌，和我重归于好，就像什么都没发生过一样。

他或许真的可以做到，但我不可以。虽然那件事已经过去了两个多月，但当天的情景历历在目——余阮，我这辈子唯一爱过的男孩，他深深伤害了我，所以我想利用甄帅去报复，我苦心经营设下的局堪称完美，却在最后一刻因为自己的心软而功亏一篑。

后来余阮逃走了，从此杳无音信。甄帅和他的大哥鹿安动用了所有力量去寻找他，却始终一无所获。余阮就好像人间蒸发了一样，没有人知道他到底去了哪里，唯一的解释只能是他早已潜逃离开了这个城市，所有人都这么说。可是我不相信，直觉告诉我，他一定还在这里，甚至就在离我不远的地方，我总是可以感觉到他的存在，没有理由，也不需要理由。如果说，这个世上还有一个人多少了解余阮这个人，那么我一定是最佳人选，虽然我们在一起的时间并不长，虽然他足够复杂多变并且无情，但偶然几个不经意的罅隙，我还是能够感受到他的真实和真情，甚至脆弱和无助。可以说，我对他的爱分为两层，他的邪性让我痴迷，他的脆弱则让我同情。或许正是这种复杂的情感，让我在和他的关系中被动、纠结，时而意乱情迷，时而歇斯底里，爱不能，恨不得，而无论是爱还是恨，都很痛苦。

是的，虽然我的生活已经发生了彻底的改变，可唯独一想到余阮，心里还是会特别难受，我是那么爱他，过去是，现在还是，未来也不会改变。只是曾经我很在意这份爱有没有回报，所以会计较，会一次又一次被他伤害，然后不顾一切想报复，得不到就想毁了他，最终酿成了如今局面。这些或许也没错，但现在想想，我其实可以在这份感情里做得更好，那就是放下所有的觊觎和仇恨，让爱变得单纯，不为过去所累，更不要被虚妄的未来羁绊，就好好珍惜眼前，毕竟爱的本质是赠予，不是占有，而活在当下比什么都重要，不是吗？

我真的很想把现在对爱的感悟告诉他，就让我们之间所有的恩怨一笔勾销，从此无论是路人还是爱人，都要彼此微笑，真心祝福。可是，我找不到他，想不求回报去爱都没有办法，而这些念头也只能一遍又一遍在内心里和自己交流。

也罢，生活就是这样，能爱的时候不想爱，想爱的时候又没法爱，总归遗憾。

6

扯远了，说回甄帅。

他用尽各种方法都无法找到余阮，于是每次在见到我的时候，除了愤怒，还会显得愧疚。

"老婆，我知道那天你是被逼的，我一点都不怪你，真的，迟早我会抓到余阮那个浑蛋，抽筋剥皮，给你报仇，相信我！"

面对着他的咬牙切齿和满眼真诚，我觉得又好气又好笑，他总是如此主观又如此愚蠢。如果是以前，我估计还会顾及他的面子，同时也是为了保护自己，说一些虚情假意的话吧。可现在我不愿意再那样口是心非，太累了，我只想他立即从我面前消失，最好永远都不再出现，这对我对他都是好事。

"我说，你能不能别这样叫我，不喜欢。"

"可是以前我一直都是这样叫你的啊，老婆！"

"你不要总是活在过去好不好？以前的事，都忘了吧。"

"老婆，我忘不了，"甄帅哭丧着脸，"我真的做不到。"

"真是服了你了，"我长长叹了口气，反问，"如果那天我根本就不是被逼的，而是我主动的呢？"

"那不可能，"甄帅愣住了，瞪着我，脸色青红交替着，过了好半天才恨恨地说，"余阮这孙子太坏了，必须是他强迫你的，放心吧，我肯定会抓到他，千刀万剐。"

"喂！我说你能不能别总是这样自以为是好不好？"我实在忍不住，

对他大声咆哮，"为什么不可能？他一直是我最爱的男人，我心甘情愿和他上床，关你什么事？"

"可是，你是我的女朋友啊！"甄帅眼睛里的怒火似乎就要喷射出来，可他还在竭力控制着对我说话的语气，似乎怕吓到我，"如果没发生那件事，你都应该见过我的大哥和家人了。"

他虔诚的态度真的让我于心不忍，我稍缓了缓口气，语重心长地劝慰："甄帅，我知道你对我是真心的，我也很感动，如果是从前，或许我还会一直欺骗你。可现在我不想那样了，我不想为难自己，也不想继续伤害你。我们真的不合适，请你不要再打扰我了，可以吗？就当我求你了。"

我说得如此真诚，也如此直白，可他似乎一点儿都没听进去，反而继续自说自话地不停向我道歉："好老婆，我知道你还在生我气，我知道都是我不好，只要你不离开我，要我怎样都可以。"

我简直要疯了，突然觉得好荒谬啊，这个人分明就是根木头，死脑袋，一根筋，你就不能对他好言好语，根本没用，真不晓得这么极品的人怎么就让我给遇见了。

我用最凶狠的口吻怒斥他："神经病啊！你脑子出问题了吧，明明是我对不起你，为什么你还要道歉？"

"我不在乎。"他振振有词。

"我在乎。甄帅，我告诉你，我真的一点都不喜欢你，而且我从来就没喜欢过你，从认识你的第一天，我就在想着如何利用你去报复余阮，那天你看到的一切都是我精心安排的，在我眼里，你彻头彻尾就是一个工具。而现在，你连做我工具的价值都没有了。所以，你立即给我滚！"

"你！！！"他终于对我扬起了拳头。

"打啊！你不是很厉害吗？你生气就该狠狠揍我，我不会还手的，哪怕你打死我，我也不会怪你，因为我太坏了，我罪有应得。"我昂着头，一点儿都不胆怯。

空气似乎凝滞了，也不知道过了多久，甄帅的眼神彻底失去了光彩，就好像死了一样。他的拳头颓了下来："我做不到。"

"既然你做不到，那就请好自为之，不要再骚扰我，从此你有你的人生，我有我的生活，此生我们都不必再见。"

说完，我转身，头也不回地离开。身后传来的呜咽声，在寒风中显得尤其伤人。

7

我本以为我如此无情，就算一块石头也会彻底绝望，可是甄帅简直比石头还要冥顽不化，即便被我如此打击，过不了多久他又跟没事人一样再次出现在我的面前，然后将那些废话重复一遍。

"老婆，不管你做什么，我都不生气，只要你不离开我。"

"老婆，我知道你口是心非，其实你一定也对我们的过去留恋。"

"老婆，我一定会抓到余阮，替你报仇，他给你的所有伤害，让他十倍偿还。"

"老婆，老婆，老婆……"

"你不要再烦了，有多远滚多远。救命啊！！！"

就这样，我们犹如两个不知疲惫的戏子，在舞台上一遍遍上演着无聊且矫情的分手戏。一直在开始，从未落幕过。

后来，我不得不将话题转移到了余阮身上，这才算获得了片刻的宁静。

"你一天到晚说要逮到余阮，请问你哪来的信心？"

"这跟信心有什么关系？"正在滔滔不绝表白的甄帅一愣，"我必须抓到他，他得罪我了，最重要的是，他还伤害了你。"

"不是，我是说你们这么多天都一无所获，万一他早就不在这里了呢，"我摇头，"说不定都不在国内了，你们跑哪儿去抓他？"

说这话，我是有私心的，一方面是希望从甄帅口中获得更多余阮的消息；另一方面是希望给甄帅一些暗示，能够让他早点儿放弃。

结果甄帅斩钉截铁地说："绝对不可能。这孙子一定还在这儿，他是不会走的。"

这次轮到我问为什么了。

"很简单，因为这是我大哥说的。"

"鹿安？"

"嗯，我大哥说余阮这孙子没那么简单，不是一般的乌合之众，他应该在下一盘很大的棋，所以不会轻易离开的。"

"鹿安见过余阮？"

"没有吧，那天我们赶到宾馆捉奸，那孙子已经跑了，"甄帅又怒了，"我必须亲手抓到这孙子，抽筋剥皮，否则不足以泄恨。"

"好了，好了，你别总是一惊一乍的。我就奇怪了，既然鹿安都没见过余阮，干吗搞得很了解他一样？"

"那我就不知道了，我只知道，大哥说的话，向来都很靠谱，所以我们是不会停止行动的。余阮这孙子得罪了我们，算是死定了。"

我气不打一处来："你能不能有点儿主见？一天到晚大哥长大哥短的，从来没见过一个人当小弟当出你这样有成就感的，真讨厌！"

"我当然有主见啦！坚持爱你就是我最大的主见，"甄帅丝毫不以为然，反而眉飞色舞地对我说，"所有人都劝我不要再找你，可是我做不到，这一次，谁的话我都不听，包括我大哥。"

见我不言语，继而又一脸痴汉状地补充："好老婆，刚才你说我讨厌的样子好可爱啊，你能再多说两次吗？"

天哪，救命啊！

8

相比起甄帅的固执和愚蠢，想摆脱璐宛溪实在要容易得多。

她矫情，还敏感，总是太在意别人对她的看法，无论如何，要伤害一个自尊心很强的人，总归不会太难。

我并不认为还有谁比我更了解璐宛溪。过去十年，她一直是我表面上看起来当之无愧最好的朋友。我们朝夕相伴，形影不离，关系亲密，感情浓烈，然而除了陶梦茹，我相信没有人知道我的内心深处对她其实是多么厌恶。

　　是的，我根本就不喜欢她，一点儿都不，原因很简单，她和我根本就是两个世界的人。阶级决定关系，我之所以表现出对她的依赖，完全因为她是我的挡箭牌——我说过，我的成长支离破碎，卑微不堪，我害怕被人看轻，所以需要掩体，璐宛溪就是最佳人选，她太傻太天真，却比谁都幸福，和她在一起，我才能像一个正常人。

　　我曾经以为我和她会一直这样好下去，因为我会一直需要她这样的完美掩体。可是既然我已经告别了昨日的自己，自然不再需要违背内心去对她强颜欢笑。所以我开始有意地疏远她，这是改变我们关系的第一步，对此璐宛溪显然无法接受，她就如一个溺水的人拼命想抓住点儿什么，一个劲儿问我为什么突然对她如此冷落，是不是她做错了什么，并且不由分说就向我不停道歉，说只要我们可以回到过去，让她做什么都可以。

　　是不是被抛弃的人都如此卑微，无论爱情还是友情？

　　对于璐宛溪打来的电话，我一律不接；发来的短信，我一律不回；见面的要求，我一律不答应。我知道这样很残忍，但置之不理其实是我能够做到的最"温柔"的方式，我不愿意，也不忍心像对甄帅那样用最无情的话去伤害她，毕竟她也没做错什么，只是我们缘分已尽，就应该分离，无论爱情，还是友情。

面对我的无情，璐宛溪一路的反应都很正常，一开始的不解，后来的委屈，接着的生气，最后的平静。从头到尾，不过一月有余。

是的，我用了一个多月的时间，生生杀死了我们十年的友情。

我知道璐宛溪很痛苦，但我并不后悔，毕竟这是我主动求之的事，我唯一担心的是，听说就在我冷落她的这段时间里，她竟然和鹿安分手了，而且还是鹿安抛弃了她。身为一个情感经历丰富且受过很大伤害的女生，我知道这对她意味着什么。璐宛溪和我截然不同，她在男女情感上向来谨慎，这次恋爱是百分百的初恋，她是照着一辈子去谈的，之前无数次她跟我憧憬过和鹿安美好幸福的未来，结果这才过了几天，就变得面目全非。

一个情窦初开的人，一个从第一次喜欢就希望到永远的人，是无论如何都没有办法接受这样的结局的。现在，她最好的朋友、最爱的男生全部弃她而去，友情和爱情双双落空，单纯如她，又怎能承受这致命的打击？可想而知她现在有多痛苦。

也正是因为我太明白这种感受，所以多少让我会对她于心不忍，好几次我都想主动找她，安慰她，告诉她可以难受，但千万不要绝望，很多现在我们觉得永远都无法逾越的障碍，等走过后回头望去，其实不过如此，而我们也会因此而成长，以及变得更强大。

可是，我最后什么都没做，什么都没说，最多是在内心里给她真挚的祝福。因为我觉得，成长对谁都很公平，就算没有我的这些安慰，她也是能走过去的，更何况，我本身也是伤害她的人，这时候出现，多少显得有点儿虚情假意。

所以，还是算了吧。既然我们无法相濡以沫，不如相忘于江湖，我们本来就不是同一个世界的人，从此以后就让我们迎接完全不同的人生。

璐宛溪，不管如何，我会记得我们曾经的点点滴滴，人生凉薄且漫长，总有一天，我会将之细细回味。十年其实不算短，可以和你一起走过十年，我不后悔。

9

多年后踮脚张望，在我动荡不安的青春里，那两个多月的时光平静而悠长，终生难忘！

我以为这一切会延续到我出发的那一天，从此我的人生将开启新的篇章，却怎么也没想到所有的这一切会戛然而止，并且很快走向另一条完全不同的道路。

世事无常、命运叵测，我从来没有像那个时候深切体味过这两个词的深意。

改变这一切的依然是因为那个我深爱的男人，还有我那卑微却从未消失的爱。

是的，余阮再次出现在了我的生命里。他果然没有离开，正如我感知的那样，他一直都在，并且真的离我很近，他犹如黑夜里潜伏的幽灵，在我最不经意之际突然出现，打乱了我所有的安排，也彻底打乱了我的人生。

10

就在我行将出发的前一天晚上，我照例在健身房练到关门才离开。健身房离我租住的地方并不远，不过需要穿过一条黑魆魆的胡同。我刚走进去就被人从身后劫持了，一个黑影鬼魅般贴在我身后，一只胳膊勒住我的喉咙，另外一只手将一个硬硬冷冷的东西抵在我的腰间，显然是把匕首。

不知道为什么，我竟然没有一点儿慌乱，而是本能地将这些天反复练习的反擒拿格斗术用了起来：左手一把拽住我脖间的那只手腕，右脚斜前方探步，同时翘臀，沉肩，然后猛然转身，随着我的胳膊在空中画出一条弧线，对方应声摔倒，整个过程酣畅淋漓，一气呵成。

我来不及回味这神奇的一幕，拔腿就往外跑，边跑边高呼救命。

"卢一荻！"地上的人突然压低着声音对我喊，"是我！"

余阮！我瞬间愣住了，一定是他，虽然我看不清楚他的脸，但他的声音我太熟悉了。

这时胡同外有人循着我的喊叫跑了过来，同时还传来了狗吠声。我一把拉起余阮，然后扶着他一起往胡同的另一头跑去。再次接触到他身体，感觉他好虚弱啊，只是来不及多想，那一瞬间，我脑海里只有一个念头，就是要带他离开，千万不能让他暴露行踪，被甄帅他们抓住。

可是还能去哪里呢？我犹豫了片刻，还是决定带他去我独自租住的小房子里，那是我此刻能想到的最安全的地方。

一路上，我们手拉着手，紧紧依偎，始终没说一句话，却已胜过千言万语。而他身上的味道，既陌生，又熟悉，却都让我沉迷。

进门，开灯，我又一次看清了他的脸。

他白了，苍白，瘦了很多，胡须邋遢，只是明明看上去很落魄，却似乎又增添了几分别样的魅力。我看着他，他也看着我，嘴角突然又露出那我熟悉无比的邪气笑容，我立即沉沦，他真的好帅。我突然意识到，他就是我的宿命，真的，他不在的时候，我想他，恨他，怨他，恼他，可是只要一见到他，就只剩下爱他，其他什么都可以不管不顾，什么都无所谓。

这种感觉是如此强烈，以至于我当场便乱了方寸，只能通过语焉不详的言语，掩饰内心的慌乱。

"你……瘦了，"我说，"挺好的？"

"哈哈，有什么好的，都快饿死啦！"他的精神看上去似乎还不错，一点都不像成天被人追杀的样子，甚至还上前嬉皮笑脸地亲了我一口，然后自顾自地到处乱翻了起来，好像这里本来就是他的家。

"你找什么呢？我家没吃的。"我竭力收起感性，尽量让自己的口气变得强硬，如果我没记错的话，我们现在应该连朋友都不算。

"不，我想抽烟，你的烟呢？"

"戒了！"我淡淡地说，"别找了，没有的。"

"晕，那酒呢？不会也戒了吧？"

"嗯！"

"什么情况？"他走到我面前，紧紧盯着我，再次露出那邪气的笑，

"看来我不在你身边的这些天，你变了不少嘛！"

"还好吧，人总是会变的。"

他突然伸手在我的胳膊上捏了捏，嘴里发出"啧啧"声："行啊！卢一荻，肌肉都练出来了，我说刚才怎么劲儿那么大，一把就把我给撂倒了，我还以为我找错人了呢。"

"明明是你太弱了好不好，搞得像好几天都没吃饭一样。"

"别说，我还真是好几天没吃东西了，甄帅那帮孙子，多久了，还阴魂不散地穷追不舍，害得我吃个饭买包烟都是麻烦。"余阮嘴里说着麻烦，表情却一点儿麻烦的意思都没有。这就是我熟悉的他，对什么都无所谓，永远一副没心没肺的样子。如果是别人，这样大概会很可恶吧，但他却显得那么有魅力。

"我说你还愣着干吗？没烟也没酒，那就赶紧给我做点儿好吃的，你一提，我还真有点儿饿呢。"

"吃的也没有，我从来不在家里吃饭。"

"那就快出去买啊，给我来包方便面就行，记得加根肠，"余阮搓起了手，"最好再往里面打个鸡蛋，不行了，我口水都要流出来咯。"

"你就不怕我出去告诉甄帅你的行踪吗？"

"不怕！"他惬意地伸了个懒腰，然后一屁股躺到了我的小床上，贪婪地深吸了口气，"你这小房间布置得还挺温馨，真香啊！"

"你以为我不敢吗？"

"你当然敢，只是你不会。如果你真要出卖我，那天我早就死了，坟头的草到现在都得一人高了吧！"

"你知道就好……那你会报复我吗？"

"也不会，如果我要报复你，你早死一百次了。而且每次都是不同的死法。你知道我一定可以做到。"他说这句话时，脸上又冷又狠的表情又有了点我刚认识他时的感觉，让人不寒而栗。

"好吧，等我，很快回来。"我吸了口凉气，然后匆匆到楼下的便利店买了很多吃的，以及他最爱抽的烟、最爱喝的酒。

回来时，天空高悬一轮明月，却莫名透出几许悲凉。

余阮看来是真饿坏了，一口气干掉两包方便面、三个鸡蛋、四根火腿肠，还有五听啤酒。吃完后他打着饱嗝，美美地抽着烟，眯着眼看着我，过了半天突然说："卢一荻，还是你对我最好。"

这句话让我又感动又心疼，不过两包方便面的事，竟然让他如此感叹，这些天，他究竟过的什么落魄日子？

"你打算怎么办？"

"什么怎么办？"

"就一直这么躲着？"

"不然呢？出去和他们干吗？我倒不是怕，只是觉得没必要，"余阮一脸鄙夷，"不是我吹牛，一对一，除了鹿安，其他人都不是我对手，包括你那个傻大个。"

"你别乱说，我现在和他没关系。"

"逗你的，我知道你不喜欢他，你喜欢的人只有我，对不对？"

余阮的话让我鼻尖一酸，他什么都知道，可为什么还要对我如此冷漠？

我转过脸，深吸一口气："你一句话也不说就消失了这么久，现在突然出现，不会就是要和我说这些没意义的话吧？"

"我觉得挺有意义的呀。你知道吗，这些天我始终一个人，眼前连个说话的人都没有，别提多无聊了。有的时候无聊到只能自己和自己说话，有的时候说着说着还能吵起来，就跟个神经病一样。"

"余阮，你别这样，你为什么一直不走？他们人多势众，你不是他们的对手。"

"怎么了？心疼我啦！我有今天，还不是拜你所赐？"余阮笑嘻嘻地走到我面前，轻轻抱着我，"不过这样也挺好，至少让我想明白了一件事。"

我浑身颤抖，轻声问："什么？"

余阮凝视着我的眼睛，一个字一个字地回答："我终于想明白了，在我饿的时候，谁会给我饭吃。"

11

"我饿了，可是我不怕，反而很享受，因为饿的时候会让我觉得清醒，让我想到曾经，让我变得更冷血更无情。过去的两个月，我天天挨饿，这没什么，我早习惯了，死不了的，实在受不了，就喝水，你没听科学家说吗？人只要有水，可以二十一天都不死，我住的那鬼地方没东西吃，但水还是有的。所以这些天我白天足不出户，根本就没有人知道我躲在哪儿。本来我已经做好准备，在我还击之前，会一直这样蛰伏下去，我都想好了，死前一定要拉着鹿安垫背，和他同归于尽我不吃亏。可是今天有点儿不一样，今天我饿的时候，突然想到了你，其实过去我也一直会想你，但今天想到你的时候我突然变得有点儿软弱，甚至还有点儿委屈，我突然想，如果这世上还有一个人还愿意给我买吃的，还关心我饿不饿，还惦记我有没有吃饱穿暖，那个人一定就是你。所以我突然疯狂地想见你，哪怕冒着被发现的风险，也要见你，哪怕被他们抓住活活打死，也要见你。"

余阮喋喋不休，好像是在对我深情告白，又好像自说自话，他说得那么真诚，让我无法怀疑。如果不是和他认识了那么久，如果不是被他伤害得那么深，如果不是知道他到底是一个怎样的人，我肯定会沉沦在他的这些话里。虽然此刻我一样感动，并且真的很心疼他，可是我不允许就这样轻易地把真实情绪流露出来，否则肯定就会像过往的每次那样，失望的总是我，最后受伤的还是我。

吃一堑，长一智，历经伤痛，我真的成熟了不少。

我悄悄拭去眼角的泪水，长呼一口气，对他说："好了，现在你吃也吃饱了，话也都说了，可以走了吧。"

"放心吧，我会走的，"余阮再次美美地躺在床上，"不过不是现在。"

"那什么时候？"

“可能很快，也可能很慢，可能就是明天，也可能永远等不到那一天。”

“为什么等不到？”

“因为，我最后失败了，被鹿安他们抓住了，活活被干死了，也不是没这个可能哦。”

“余阮，你到底想做什么啊？”

“我想做什么？嗯，这个问题很好，这些天我一直都在思考这个。我想如果这是一场游戏，我究竟应该怎样做，才能充分享受这场游戏给我带来的快感，才能升级打通关，摘下最后的皇冠。这和我最初的想法已经大相径庭，最开始我的想法其实特别简单，我就想通过最直接的暴力手段把鹿安给绑了，狠狠勒索他老子一笔钱，然后撕票，我远走高飞，彻底消失。可是后来我觉得这样不对，这样我并不会开心，而且很不过瘾。因为对他那种人，将他的身体毁灭，其实算不了最残酷的惩罚，当然对我也一样。那么我究竟该怎么办才能够从精神上将他击垮呢？我真的想了很久很久，却一直百思不得其解，直到那天你把我骗到宾馆，我躲在窗台上，所有人都以为我跑了然后纷纷出去抓我，只有鹿安突然折了回来，很显然，他发现了我，然后一步步向我逼近，当时我已经无路可退，我甚至做好了抱着他一起摔下去同归于尽的准备。可是他突然停住了，我开始还不明就里，直到一个女孩走了进来，鹿安立即停止了对我的攻击，很快就拉着那个女孩离开了，我突然想明白了，原来鹿安又有了喜欢的人。他是怕连累这个女孩，为了她，他宁可放弃这么好的机会，可见这个女孩对鹿安有多么重要，哈哈，真想不到，鹿安在感情上受了那么大的伤，还能够再去爱，啧啧，还真是个情种啊。"

"难道你想通过伤害那个女孩来折磨鹿安？"我的心一点点往下沉，打断他，"你不可以这样！"

"为什么不可以？"

"因为……因为……"

"因为璐宛溪是你最好的朋友，对不对？"

我的心瞬间跌到谷底，颤抖着问："你怎么知道她的名字？你怎么知道我们是朋友？我从来没告诉过你。"

"哈，我知道的事还有很多，比如她在哪里读书，家住在哪里，每天什么时候出门，什么时候回去，我都了如指掌你信不信？"

我尖叫："你跟踪她？"

"别激动，只是偶尔罢了，这个女人挺傻的，想要掌握她的行踪并不难，"余阮坏笑着看我，"我还知道你们表面上是很好的朋友，可是你并不喜欢她，和她做朋友，只不过是为了掩饰你的缺陷。"

我深吸一口气："是，你说得没错，可是我还是不会允许你伤害她，不管如何，我们一起走过了很多年……一点感情都没有是假的。"

"这我就有点儿不明白了，按理说，你应该高兴才是。"

"你不是女人，你不明白很正常，"我咬牙，恨恨地说，"总之，除了我，没人可以伤害她，不信你试试。"

"行啊，卢一荻，想不到你还挺讲义气，不愧是我余阮的女人，"余阮脸上再次流露出那种邪性的笑容，让你不知道他说的话到底是真情还是假意，"放心吧，我现在是不会怎么样她的，本来她也只不过是我的诱饵罢了，何况现在已经没有什么利用价值了。"

"你什么意思？"

"你不知道吗？鹿安已经把她甩了，"余阮有点疑惑地看着我，"难道是假的？不像啊！他俩一个多月没见面了。"

"对对对，他们都分手一个多月了，"我赶紧附和，"我怎么可能不知道？刚开始那些日子璐宛溪天天哭着给我打电话，说她现在最讨厌的人就是鹿安，简直倒了八辈子的霉和这种薄情寡义的人谈恋爱，后悔死了。"

余阮脸上难得出现那种鄙夷的神色："唉！我还真以为鹿安有多专情呢，看来也不过如此。"

"男人都一样，我算是看透了，"我挑衅地看着余阮，"鹿安再怎么无情，也比不过你吧。"

"你这算夸我吗？我会骄傲的，"余阮丝毫不以为然，"既然鹿安又变成了孤家寡人，所以我得找到新的摧垮他的办法。"

"你找到没？"

余阮没有直接回答："你觉得对他而言，如果爱情放在第一位，什么放在第二位？"

"为什么爱情会是第一位？"我反问，"对你来说，爱情可能前一百名都排不进去吧。"

余阮眉头皱了下，眼神里闪过一丝不悦："你少废话了，回答我就是。"

"友情？他不是很多人的大哥吗？肯定是一个很讲义气的人，"我眼前一亮，"所以你要……"

"他越在乎什么，我就越是要抢走什么。只有这样，他才会痛苦，"余阮点点头，"你和我想的一样，本来我还以为他会更在乎亲情，现在看来亲情反而对他没有太多影响。"

"怎么会呢？他的原生家庭应该很幸福啊！"

"你错了，他的成长之痛比起你我有过之而无不及，"余阮不停摇头，"他从小就没有妈妈，和他老爹的关系也特别不好，一个人在国外孤苦伶仃地长大。"

真想不到如此风光的鹿安竟然也有这么悲惨的过去，我深吸一口气："你怎么知道这些的？"

"我说了，我要打败他，就必须了解他的全部，"余阮一字一字总结说，"对鹿安而言，除了爱情，最重要的就是友情，所以如果让他的那帮兄弟们都背叛他，甚至与他为敌，兄弟、恋人，对，还有家人，这些对他应该是最重要的财富吧，如果有一天，我把他的这些财富统统抢走，让他众叛亲离，失去一切，等到那个时候，鹿安才发现他所信仰的义气和忠诚无非是臆想，而对于这一切他根本无能为力，我想他一定很痛苦，甚至比死亡更痛苦。只有这样，才能彻底将他击垮。"

"那肯定啊，谁也无法承受众叛亲离的滋味，"我脑海里闪现出甄帅，"可是他的兄弟都对他那么死忠，要想让他们背叛他，恐怕不容易。"

"是不容易，但不是不可能，只要是人，就会有罅隙，只要找到他们的罅隙，就能够不攻自破。"

"那你找到没？"

"暂时还没有，这正是我痛苦的地方，不过我应该快找到了吧，"余阮的表情突然变得狰狞起来，仿佛强迫症一样，嘴里不停唠叨，"快了，快了，我就要成功了！"

"会的，会的，你那么聪明，一定没问题的，"我赶紧上前安抚，"不过，我有两个疑问。"

他斜着眼睨我："说。"

"你为什么那么恨鹿安？为什么非要打败他？你们根本就不认识，更谈不上有什么恩怨吧。"

"为什么？为什么？"他瞬间将脸凑到我面前，表情狰狞，"卢一获，你知道为什么我们会活得这么失败吗？那就是因为我们总是在不停地问为什么！为什么现在有这么多的年轻人无所事事？为什么我们的出身那么凄惨而别人却那么幸福？为什么我想好好吃一顿饭可是别人却要打我？为什么？"

我被他问得哑口无言，这些问题我没有想过，也不愿意面对。

"没有答案的，因为这就是生活，这就是人生，所以不要问为什么，而是要问凭什么，要问自己如何才能改变这一切。是，鹿安和我是两个世界的人，我们一个在天上，一个在地上，一个拥有一切，一个一无所有，凭什么？如果这就是命，那我不认命，我想挑战一下。”

“就这么简单？”

“就这么简单。有的人天生就是同类，比如我和你；有些人天生只能是敌人，比如我和鹿安。只有打败他，我才能成为他，你明白了吗？”

我点头：“可万一你被他打败了呢？”

“那也没问题。我们之间，必须有一个倒下，这就是我们命运唯一的结局，”余阮顿了顿，“如果你现在去问鹿安，他也一定会这么说。”

“好吧，还有一个问题，”我缓了缓，盯着他的眼睛，一字一字地问，“你为什么要告诉我这些？你不可能真的只是为了吃一口饱饭。”

余阮沉默了会儿，脸上浮现出一丝温情，然后认真地在我耳边说：“知道吗？我命如草芥，如果有一天突然从这个世界上消失了，根本没有一个人知道我是怎么来的，也没有一个人知道我是怎么走的，没有人知道我是怎么想的，更没有人知道我为了命运做了哪些斗争，那一定会很遗憾吧。如果我不认识你，如果我的心里没有你，那么遗憾就遗憾吧，可是，我有了你，如果能够把这遗憾弥补了，也算是这冷漠的世界对我唯一的善待和馈赠了吧。”

我的眼泪不由自主地涌了出来，我从来没有听余阮说过如此感性、如此悲伤的话语，从来没有。

我就说，他的内心绝非像外表看起来那样不羁和凶残，他其实很可怜，很脆弱。

是的，他需要我，需要我的爱，也需要我的保护。

我上前紧紧抱住他："你不要这么说，输的人又不一定是你，我听了好难受。"

"哈！那我就更要告诉你这些了，我希望接下来你能一直陪着我，见证我的胜利或失败！卢一荻，现在你是我在这个世上唯一的牵挂啦，我的荣光只有和你分享才真的有意义啊！"

"可是……"我好想告诉他，我本来计划明天就要远行，离开这个地方，去追逐自己的梦想。可是我怎么也说不出口。

我觉得老天真的和我开了一个很大很大的玩笑，我到底该怎么办？

"可是什么？"余阮更加用力地抱紧了我，眼睛纯净得像个天使，然后用一种特别蛊惑的语调在我耳边温柔地说："傻妞儿，你一定会答应我的，对不对？"

我彻底沉沦了，他的话是那么真诚且有力量，我无法反抗。

更重要的是，我发现我还深爱着他，为了他，什么都可以放下。

我闭上了眼睛，心中不再犹疑，嘴角轻轻吻在他消瘦的脸颊上。

"可是你抱得我好难受啊，我气儿都喘不上来了，你好讨厌哦！"

SCENE

3

STRAWBERRY
草莓

璐宛溪

第三幕

平行世界

我错了，生活的本质坚硬且残酷，而人心更是叵测。
根本就没有无缘无故的恨，更没有无缘无故的爱。
所以，这世上才有那么多残酷和无奈，那么多遗憾和悲惨。我才会被欺骗、被拒绝、被肆无忌惮地伤害。
现在我承受的一切，都是罪有应得，我活该。
只是，没有人天生可以被伤害，我也不可以！

1

"野孩子"郭炜炜说："人生最好一路黑到底，你的绝望越深，你从绝望里出来的时候，才会越好。"

以前我对这样的感悟完全无感，现在却觉得特别让我感动。

这个世界每天都有人失恋，每天都有人觉得自己很痛苦，每天都有人在面对伤痛和死亡。过分强调自己的感受未免太矫情。何况，一味悲伤有用吗？

没用，也没意义。

面对痛苦，我们需要做的其实是改变。

那天醉酒后我也不知睡了多久才昏昏沉沉醒来，眼前仿佛变了世界，头疼欲裂，一整天都无精打采，可我的内心却翻腾起不一样的色彩，那便是——

我决意从此换个活法，且要认真反思过往，务必找出一个是非因果。

我的意思是：在我 19 岁这一年，友情、爱情全部崩塌绝非偶然，一定是我自己的三观出了什么问题。

比如说，我太天真了，总把别人想得太善良，以及认定生活处处充满恩赐，成长也拥有太多美好；再比如，我总是想当然，死心塌地对别人好就觉得别人也应该同样对我好，以为只要我不去伤害别人，别人也就不会伤害我……

我错了，生活的本质坚硬且残酷，而人心更是叵测，根本就没有无缘无故的恨，更没有无缘无故的爱。

所以，这世上才有那么多残酷和无奈，那么多遗憾和悲惨。

所以，我才会被欺骗、被拒绝、被肆无忌惮地伤害。

所以，现在我承受的一切，都是罪有应得，我活该。

只是，没有人是天生可以被伤害的，我也不可以。

而我要想不再重蹈覆辙，只有一个办法，那就是：从现在开始，我要把身上所有的幼稚和可笑通通抛弃。我不要再做一个好孩子，我要变得现实、自私，甚至——黑暗。

从此以后，所有不怀好意的接近和奉承，通通给我滚蛋。那些怀着最大恶意对我说"七七呀，你真是个好孩子"的人，我祝你们全家都是好孩子。

2

思想指导行动，行动反馈思想。

没过多久，我便因为自己的"黑化"而收获了某种隐秘的快感，这真是一件令人身心愉悦的事。

我们班有位女生名叫韩若雪，这个名字和本尊非常不相符，如果从外形来判断，她实在应该叫韩若猪才更为贴切。请原谅我的刻薄，可我绝对没有夸张。此人最大的特点是脏，更大的特点是懒，吃是她人生唯一的运动，睡是她人生唯一的特长。她的床上永远摆着至少二十种零食，袜子内衣从来不洗，脱下来后放一段时间再穿，味儿能熏人一个跟头。每学期都有室友忍受不了她而申请调换寝室，对此她非但不以为耻，反而嘲笑别人矫情，实在是极品。

像这样的人当然不可能有朋友，除了我——其实我也不能算她朋友，只是我从不像别人那样公然敌视她而已，一来我不住校，没有受其毒害；二来我觉得没有人是天生可恨的，谁都有自己的不容易。所以看到别人一起孤立她时，反而心生怜悯，会主动嘘寒问暖几句，而情商如她，我的行为无疑是最真情的告白，对此她照单全收，感觉很是不错。

因为足够懒，韩若猪，不，若雪同学几乎是能逃的课全部逃，不能逃的课也想方设法逃，然后成天躺在床上边吃零食边看韩剧边畅想自己也会遇见一个帅且宠爱自己一生的男友。而身为她唯一的"朋友"，替她上课点名时喊"到"的重任自然落在了我身上。我虽然知道这样不对，并且心不甘情不愿，但最后还是勉为其难答应了，我想我不帮她就没人帮她，这样下去她迟早会因为逃课太多而被开除——是的，以前的我就是这么圣母——陶梦茹就不止一次委婉批评过我这样不但会害了她而且也会连累自己，我却根本听不进去，每次上课点名时都捏着嗓子替她喊"到"，加上我们学校的老师确实太不负责，就这样，一个多学期相安无事地过去了。对此，韩若雪对我不但没有半分感激，反而觉得理所当然，人性之自私和愚蠢，由此可见一斑。

后来当学校突然响应上级要求，加强精神文明建设，重点对学生纪律进行检查并决定抓典型严惩以杀鸡儆猴时，我不但没将这个消息告知韩若雪，上课时也不再帮她喊"到"，系里成立专门小组调查她的出勤和生活作风时，我则将自己知道的如实招来，面对其他同学对她的一致发难，我更是没有半点维护。

很快，一纸勒令退学通知书被送到韩若雪的面前，正为韩国偶像剧感动得悲春伤秋的她吓得直接从床上掉了下来，而当她明白了所有是非经过后，几乎是怒不可遏地冲到我面前咆哮着质问我为什么没有再帮她，仿佛要开除她的不是学校而是我。

她身上的体臭熏得我差点晕厥。我努力站稳，嘴角露出一丝冷笑："我好像没有这个义务吧？"

"可是你答应过我的。"

"那是过去，现在我反悔了不行吗？"

"那你应该早点儿告诉我，你不帮我，我自己就会去上课的，"她对我的指责不断升级，"你怎么可以这样对我？亏我还把你当成我唯一的朋友。"

晕！这都什么逻辑啊？我决定不再和她掰扯："抱歉，是你自作多情了，在我眼中，你什么都不是。"

说这些话的时候，我突然觉得很爽，可很快又不由自主地想起了卢一荻，在她心中，我估计就是这样的存在吧？我真是明白得太晚了，过去的我，原来是那么可笑又愚蠢。

说完后我摇摇头走了，丢下号啕大哭的韩若雪同学在身后破口大骂："璐宛溪，你这个骗子，是你害了我。去死吧！"

　　"骗子"，呵呵，想不到这个词语竟然用在我身上，真有意思。看，我说得没错吧，你对别人好，根本换不回任何感谢，有一天你对她不好了，反而会招惹怨恨。

　　想到这里，我似乎真应该好好感谢鹿安，感谢卢一荻呢。没有他们对我的背叛和伤害，我现在还老虎老鼠傻傻分不清楚，天真得像只小白兔呢。

　　3

　　牛刀小试，我的心情突然变得很好，放学后，临时决定去逛街。

　　说起来，失恋后的这段日子，我把自己整个人都封闭了起来，拒绝一切来自外界的美好和快乐，现在想想，真是太不值得了——你不开心，世界就会为你低头吗？别人就会同情你也跟着难受吗？都不会的，你除了伤害自己，别的什么都得不到——这些道理是如此浅显，但当局者就是无法明了。

　　为了弥补"损失"，我决定好好讨好自己——先喝一杯最近爆火的网红奶茶，然后好好买几件漂亮衣服，如果时间允许，最好再看一场电影，恐怖片，刺激。

　　呀！我怎么这么开心，是不是表明我已经走出了失恋的阴霾？

　　我看有戏，从开始到现在，不过两个来月，还行。

　　我思忖着，且暗自欣喜，闭目凝神深呼吸，试图加强那种身心重获自由的感受，只是等睁开眼时惊愕地发现，自己竟鬼使神差般地来到了鹿安的奶茶店所在的那条街道。

仿佛那里有着无法抗拒的磁场，而我是义无反顾的磁铁。

为什么会这样？不都"走出来了吗"？我拔腿想逃，随后哑然失笑——有什么可逃的？这条街又不是他家开的，我想来就来，想走就走，谁能管得着？

哼哼！我可不再是从前的璐宛溪了，我都黑化了我怕谁？

既来之，则安之，来都来了，干脆过去看看呗，说不定心情好，买杯奶茶喝喝也不是不可以，哎呀，不晓得现在味道如何了，没有我的手艺，一定特别难喝。

就这样，我佯装轻松，实则惴惴不安地来到了奶茶店门口，结果却发现那里铁将军把门——奶茶店竟然关停了。

什么情况，是经营不善倒闭了吗？也不奇怪，人品差的人怎么能够把生意做好，以前生意兴隆还不是我的功劳？真是报应啊！我应该赶紧去买串鞭炮庆祝一下。

我眯眼，弯腰，趴在奶茶店的门缝上往里瞅，东西倒都还在，看上去也不太像倒闭的样子，那为什么大白天的不营业？肯定又出去惹是生非了，唉，这种暴力狂，迟早会出事，我赶紧走得远远的，千万别连累我。

就在我内心戏爆棚之际，突然感到有人在我身后轻拍我的后背，吓得我差点魂飞魄散。

鹿安，我第一反应就是他，鼻子瞬间酸酸的，脑子里想的则是我头发乱不乱，脸上干不干净，衣服好不好看，以及看到他我千万不能哭，做错的人是他不是我，我一定要高冷，要矜持，绝不能主动和热情，否则太丢份。

慢慢回头，慢慢回头……终于看清楚了身后拍我的人，眼神立即黯然。

当然不可能是鹿安，而是崇礼。

"好久不见，璐宛溪。"崇礼似乎有点儿不好意思，真不知道他有什么可难为情的。

"你怎么在这儿？好巧啊！"我竭力掩饰着慌乱，脸上满是尴尬的笑容。前阵子听说他将要代表我们省的大学生参加一个全球级别的人工智能比赛，说起来已经有段时间没见到他了。

"不巧，我是专程来找你的。"他还是那副一脸懵懂天真、没心没肺的样子。

"哦？那在学校为什么不找我？你又不是不知道我在哪个教室上课。"

"当然知道，可我不想让你同学看见。"

"君子坦荡荡，我们又没什么见不得人的。"

"以前我也是这么以为的，现在觉得还是多注意点儿为好，"崇礼一本正经，"人心难测，人言可畏。"

我盯着他："你变了。"

"你也一样，发生了这么多事，谁也不可能无动于衷。"

"喊，我有什么可变的？"我感觉自己终于缓过神了，调侃起来，"我又不是孙悟空，一天到晚变来变去的。"

他脸上浮现出一丝笑意："你可以瞒着我，但你瞒不了你自己。"

"晕，你突然来找我，该不会就是讨论我们有没有改变的吧？"我叹了口气，"如果是的话，恕我不能奉陪哦。"

"璐宛溪，你任性起来倒是一点都没变，"崇礼很认真地看着我说，"我想了很久，还是觉得我们应该在一起。"

"啊！说什么呢你？"我真的被吓到了，情不自禁叫了起来，"疯了吧，你怎么可以这样？陶梦茹尸骨未寒……"

"所以呢？"他竟然毫无惧意，反而也正色反驳起来，"所以我们就只能生活在道德的枷锁下，永远都无法正视自己的情感吗？"

"我不是这个意思，我只是觉得……"

"我知道你想说什么。我又不是笨蛋，如果从常规逻辑去思考，的确，此时此刻我和你说这些，不太合适；可是从另外一个角度来看，现在分明就是我们在一起最好的时机，也是我们在一起最好的理由。"崇礼顿了顿，看着我，真挚地说，"你是天使姐姐最好的朋友，我是她最喜欢的人，我觉得我们能为她做最好的事，就是在一起。"

我的天哪！这究竟是什么鬼逻辑！不过我没有再立即反驳，因为我不知道该如何反驳。如果不是认识崇礼已经有一段时间，知道他的思维和常人不一样，我肯定会臭骂他一顿的。

见我不语，崇礼赶紧继续表达他的那套奇特情感观："何况就算你不为了天使姐姐，你也要为自己考虑考虑。"

"为我自己？不明白你在说什么。"

"璐宛溪，我知道这段时间你很痛苦，因为你被感情伤害了，你的事我都知道，既然那个人已经无情把你抛弃了，你就应该给自己一个重新选择的机会，就算你不接受我，也不要故步自封，更不能对感情失望，不要因为过去的伤痛影响你未来的幸福。"

"够啦！你别说了！"我终于忍无可忍，"谁说我对感情失望了？告诉你，我对感情充满了信心，更充满了兴趣，总之我好着呢，用不着你在这里瞎操心。"

"我可没有瞎操心，我是认真分析研究后得出的结论，你听我说完先……"

"我不听，你说什么都没用，反正我俩是不可能的。"

"好吧，可是难道你不希望我帮你吗？"

"什么意思？"

"我听说，想忘掉一个人，除了交给时间，就是让自己喜欢上另外一个人。虽然我知道你不太可能喜欢上我，但我依然愿意为了成全你的忘记，做一个备胎。"

"崇礼，不要这样说！"

"我是认真的，我愿意被你伤害，只要你能够开心，不要变得面目全非……璐宛溪，你怎么了？你的表情好奇怪啊，是被我感动了吗？"

我没搭理他，而是说："好，那你不要反悔。"

"当然，我从来都不开玩笑，特别对你。"

"抱我。"

"啊？"

"快抱啊！"我急了，"你听不懂人话啊？！"

"哦！"崇礼迟疑地张开双臂，面色通红，"不行，不行，我真的做不到。"

来不及和他废话了，我主动上前轻轻抱住了他。我感受到他浑身僵硬，然后听到他喃喃："这不合理啊！我算了我们之间可能发生的八百多种情况，都没有这一种啊！"

4

我将头浅浅地靠在崇礼的肩膀上，眼睛却直勾勾地盯着前方。

街道尽头，一群健硕的大男孩正意气风发地走了过来，为首的那个剑眉星目、玉树临风，是那样桀骜不驯，又是那样的英俊帅气，浑身更是散发着与众不同却无法言说的魅力，只见他被众人簇拥着，犹如征战归来、威风八面的将军，而因为他的出现，原本单调无聊的街景也变得鲜活丰富起来，甚至空中同步传来了动听悦耳的旋律，仿佛是他的 BGM（背景音乐）。

那正是天上地下，于我独一无二的那个人——鹿安。

这是我时隔近两个月再次看见他，竟然在这样不经意的时刻，我完全没有准备，更加没有防备。我不想让他见到如此平淡无奇的自己，可是已经来不及逃跑，所以我必须做点儿什么特别的事，电光石火间，崇礼说的那些话点燃了我，然后下意识地做出了这样的举动。我不知道这样对不对，我只知道我很开心，那是一种前所未有的、具有强烈自虐式的快感，并且随着他的靠近，愈发强烈。

我很想知道鹿安看到我在别的男生怀里会是什么反应，可惜他径直从我面前经过都没有半分侧目，从他的表情上更是看不出任何变化，就好像完全没有注意到我，这让我的行为和心机变得特别荒谬可笑。倒是他身后的甄帅按捺不住，走过的时候故意用胳膊肘重重地撞了一下崇礼。

"同学，你干吗撞我？"崇礼正好从紧张和窘迫中解脱，轻轻推开我，然后竟一脸书生气地要问甄帅讨个公道。

"撞你？我还要揍你呢。"甄帅毫不犹豫地又用力推搡了下崇礼，"怎么着，你有意见吗？"

"你想干吗啊？起开！"我头脑一热，对甄帅嚷嚷起来，表情一定很凶恶。

他有点儿蒙："不是，七七，你这是干啥呢？"

"别怕，有我呢，"崇礼还是不明就里，站起来将我挡在身后，大声说，"有我在，谁也不能伤害你。"

这下甄帅彻底受不了了，挥起拳头冲了上来，不过一拳，崇礼就应声倒地。

"不要！"我尖叫一声，闭上眼睛，心想完了，这下崇礼还不得被活活打死啊！都是我作的，刚才崇礼还口口声声说愿意为我承受伤害，没想到这么快就如愿了。

"甄帅，住手。"谢天谢地，鹿安终于发话了，声音虽不大，但透露着无上的威严，"我们走。"

"大哥，这小子也忒狂了，我必须好好教训教训他。"

"走！"鹿安加重了口气，看着甄帅，不怒自威，"你听不懂我的话？"

"哦！"甄帅老实地应了声，然后对崇礼狠狠威胁，"今天算你小子走运，下次别让我碰见，哼！"然后又小声对我说："七七啊，你这又是唱的哪出戏？快别闹了。"

"不用你管，你们快走吧。"我转过头，表示自己很生气。

甄帅似乎还想说点啥，但被鹿安又呵斥了两句，然后乖乖地跟着大伙走进了奶茶店。门砰的被关上，一切很快恢复原样，仿佛什么都没有发生。

我赶紧搀扶起崇礼："你没事吧，要不要去医院？"

"当然不需要，什么事也没有，"崇礼揉了揉脸蛋，不屑地说，"我还以为他们有多厉害呢，也不过如此，璐宛溪，你不要怕，只要有我在，他们伤害不了你的。"

"对不起。"我看着崇礼肿起来的半边脸，无可奈何叹了口气。

"为什么要这么说？又不是你打的我，"崇礼一脸白痴相，突然眉飞色舞起来，"对了，刚才你让我抱你，该不会是你接受我了吧？"

我瞪他："你说呢？"

"当然是啦，我又不是真的傻！"崇礼开心极了，"太好了，梦茹在天上知道我们在一起了，也会真心祝福的。"

5

当误会发生后，你会怎么做？

解释澄清，置之不理，还是其他？

本来那天事后我是想找崇礼好好解释和道歉的，后来又觉得跟他那个榆木脑袋肯定没法说清楚干脆冷处理算了，可最后我采取的却是：假戏真做。

我决定将这个美丽的误会继续下去，哪怕这对崇礼来说很不公平。

原因很简单：鹿安竟然因此主动联系我了。

是的，你没听错，这个根本不可能发生的事，竟然真真切切发生了——要知道此前我给他又是发信息又是打电话，他都不理不睬，要多冷漠就有多冷漠。无论我是道歉还是哀求，他都无动于衷，要多绝情就有多绝情。结果那天下午刚看到我和崇礼抱在一起，晚上就主动给我发来信息。

"睡了吗？"时间是八点整——他也真够缺心眼儿的，谁八点就睡觉啊！我是老人吗？白痴！

我当然不可能回了，虽然看到这条简单至极的信息后，我的心情就再也没有平复过，每分钟心跳至少一百五十，像面被擂响的战鼓。

过了半小时，又来了新的信息："你在干什么？为什么不说话？"

我哑然失笑，这种节奏，我太明了。所以，依然不回，该干吗干吗，反正他不会停的。

果然，又过了十来分钟，第三条如约而至，这次终于直接了点——

"下午那个男生我见过，在我们的奶茶店里，你们在一起了？挺好。"

哈！隔着屏幕我都能感受到那股浓郁的酸味儿，还我们的奶茶店呢？还挺好呢，鹿安同学，我现在和你还有半毛钱关系吗，请问？

这条信息我看了一遍又一遍，心情大爽，可我依然不会回复，只是再也无心做其他事，干脆抱着手机上床，一边胡思乱想，一边继续等他的信息。

如我所愿，接下来基本上每过十来分钟便会收到他的一条信息，语气起伏很大，清晰地反映着彼时他的内心状态，因为我的始终沉默，他的情绪在午夜终于爆发了。

"喂！璐宛溪，你到底在干吗？说句话会死吗？"

我几乎要乐出声了，鹿安你真是有病，我在干什么，和谁在一起，关你什么事？你不是很贱吗？你不是无所谓吗？你不是喜欢装酷吗？你不是什么都为我好吗？你不是内心有恐惧吗？那你现在就别磨叽啊！说句话当然死不了，但我就是不说，怎么地？看到你不爽我就高兴了，不行吗？你还来劲了，可真够听话的，乖，下次见面姐给你买糖吃，齁死你！

那天鹿安一直折腾到凌晨才罢休，后来见我始终不答复，便开始直接给我打电话，我不接也不挂断，让他每次都抱着希望，最后又变得失望，如此往复。直到最后我困极了，才在关机前冷冰冰回过去一条信息——

"不要再给我打电话，我不会接的，也不要找我，我不会见你的。"

没错，正是当初他送给我的，现在我一字不落地还回去。

超爽！

6

那天关机后我难得睡了个好觉，梦里我都在笑。我终于明白，每个人都有自己无法忍受的点，草莓是我的点，而崇礼是他的。

唉！以前我真是够笨的，那些示弱、道歉、哭泣，根本是打开方式不对啊！

第二天一醒来，我便做了决定：我要和崇礼继续假戏真做下去。

这对我来说并不难，中午放学后，我立即赶到实验室，他正埋头做实验，专注的样子还挺帅。我站在门口看了会儿，然后悄悄走进去，突然敲他的脑袋："举起手来，缴枪不杀。"

"七七，你怎么来了？这里闲人免进的。"

"来叫你吃饭啊！"我指着墙上的挂钟，"这都几点了？"

"哦，我不吃了，我想把实验先做完。"

"还要多久？我等你。"我一屁股坐在他对面的椅子上，来回转着玩儿。

"快了，估计再有四五个小时吧。"

"不好，现在就和我去吃饭。"

"不行哦，现在停止的话就前功尽弃啦！我好不容易才做到这一步的。"

我突然伸手将他面前的仪器和设备弄乱，坏笑："现在行了，不用纠结了。"

"完蛋了，又得从头开始了，"崇礼也不生气，无可奈何地看着我，"干吗非要出去吃呢？你要是饿的话，我可以叫外卖，你要是不想吃外卖，也可以在我们实验室煮点儿东西对付一顿，很方便的。"

"不好，你不是说我们应该在一起嘛，我觉得我们还不是很了解，所以……"我无奈地看着他，这个白痴，我总不能直接说之所以我们要一起出去吃饭是为了被更多人看到吧。

"所以一起吃饭是了解彼此、增进感情的好方式，对不对？"崇礼一脸得意，好像刚解开了一道奥数题，"放心吧，我懂的。"

"哈！你懂是吧，很好，很好。"我尬笑。

"当然，我又不傻，"崇礼换好衣服，"走吧。"

"嗯，"我点头，小声问，"我……是不是太主动了？"

"好像还真有点，搞得我都不适应了，"崇礼突然一把拉起我的手，"不过没关系，我适应能力很强的。"

他的手凉凉的，手掌也不大，手指更是纤细，给我的感觉和鹿安一点都不一样，特别陌生，并且本能开始拒绝，于是假装弯腰系鞋带，将手抽了出来，然后为了不让他再拉我的手，始终走在他的前面，一蹦一跳的，仿佛很开心。

就这样，从那天中午开始，很多同学都知道了我们的校草崇礼有了女朋友，他们看到我俩一起吃饭，一起散步，一起花前月下，无比亲密，俨然正在热恋中。

我知道，所有的这些都会很快传到鹿安耳中，我更知道，鹿安一定会被刺激到，会受不了。

事实上，这招绝对有效，因为从此以后他几乎每天都会主动和我联系，除了一些莫名其妙的自说自话，更多的是日常的嘘寒问暖，从"早安"一直到"好梦"，搞得我们好像很好一样。

面对他的"狂轰滥炸"，我则继续保持沉默，我当然不可能回应了，凭什么，当初我那么痛苦的时候你怎么对我的？风水轮流转，现在你纯属活该，我就是要让你难受，哼！

如果是以前，我肯定不忍心这样去伤害鹿安，可是现在我变了，我为自己的变化深感庆幸，这个世界，果真是公平的。

7

与此同时，学校里关于我的流言蜚语也多了起来，比如说我是绿茶婊，我脚踏两只船，一面和校外的社会大哥交往，一面引诱学校的校草，简直罪不可恕。我知道这些都要拜赵茉莉所赐，当初正是她怀恨攻击了我，鹿安才被迫重出江湖；也正是她告诉了我鹿安的秘密，我们才闹成现在这样。她那么喜欢崇礼，现在看到我们"在一起了"，当然不会善罢甘休，可是她又忌惮鹿安不敢动我，除了传播这些流言蜚语试图中伤我别无他法，简直阴暗卑鄙之极。

所有这些我都会记在心里，总有一天我会让她为自己的龌龊和歹毒付出代价。

总之，那段时间我的声名掉至最低点，差不多成为全民公敌，人人得而诛之。好几次，我亲耳听到有人在我背后窃窃私语："哎哟，就是这个女人，被鹿安甩了，结果又搭上了崇礼，可真是闲不住啊！"

每当这个时候，我都会直接走过去，对这些诽谤者大声说："你们都给我听清楚了，我是和鹿安分手了，不过不是他甩的我，而是我不要的他。以后你们再乱嚼舌头，我就撕破你们的脸，滚蛋！"

8

一个人真的可能一生只爱一个人吗？

答案如果是肯定的，到底是该庆幸，还是该感到悲哀呢？

自私杀死了忠诚，我们背叛了爱，成为誓言的敌人。

就这样，我似乎很快便适应了和崇礼在一起的"恋爱"生活。有时候我会想，一份温馨美好的感情莫不如此吧？平静、幸福，想念对方的时候就会见到，在一起比什么都重要。

只是原本我以为这样就可以消减对鹿安的思念，可结果恰恰相反，身边的崇礼只会让我更加怀念鹿安。没有对比就没有伤害，我对崇礼真的没一点儿心动的感觉，我真担心，这辈子我都不会喜欢上第二个人。

唯一让我感到欣慰的是，随着我和崇礼关系的"日趋亲密"，鹿安对我的"骚扰"也愈发强烈。其实我挺矛盾的，我心里早就不怪他了，也特别想和他重归于好，可我就是不愿意点头，因为我觉得这样不对，如果两个人真心相爱，就应该齐心合力面对生活中的困难，而不是太自以为是。

如果这次就这样不了了之，以后怎么办？

我真的过不了自己内心这一关。

是的，青是受伤，春是成长，受过伤的我没法再单纯地只相信内心的感觉，只看眼前的好坏。

我想，我会永远爱着鹿安，但我同样做好了永远失去他的准备，这真是一件想起来就特别辛酸的事。

所以，不管鹿安如何主动，我都一律置之不理，这是我能做到的最为绝情的方式。

没有人可以忍受这种无视的打击，鹿安也不能，慢慢地，他的"骚扰"变少了，内容也没那么丰富和激烈了。慢慢地，连嘘寒问暖的关心也变得寥寥，应该是他觉得没什么希望，所以主动放弃了吧。

没了他消息的那几天，我好多次抱着手机惘然若失又哑然失笑，我深深庆幸自己没有主动就范，否则这绝对是对我最大的嘲讽。同时我又觉得自己灵魂存在若干荒诞之处，那些我曾经鄙视的他人身上的陋习，其实我一样都不少。

算了，他一直挺自私，而我也不够好。或许现在就是我真正放下的时刻。

再见了，鹿安，你伤害过我，我也伤害了你，现在我们扯平了，从此两不相欠。

9

世事难料，感情更是如此——我着实低估了鹿安内心的坚毅，更低估了他对我的感情。原来他那几天的沉默，不过是黎明前的黑暗，风暴来袭的前夕。我这边已经做好了最终的决定，他那边却开始了最后的冲刺。

一天放学后，我照例和崇礼肩并肩走出校门准备去附近的美食街吃饭，一阵重型机车的轰鸣声在身后突然响起，随之是女生们此起彼伏的尖叫，仿佛看见了某个明星。

真奇怪，怎么这帮女人大白天也发花痴呢？我不明就里，刚准备驻足回头看个究竟，突然就被人从身后拦腰抱了起来，然后直接放到了摩托车的后座上。

整个过程行云流水，崇礼直接吓得愣在原地，至于那些女生，一个个更是呆若木鸡。

光天化日之下强抢民女，还有没有王法了！

我惊魂未定，刚准备喊救命，就听到身前那个戴着头盔的人对我酷酷地说："抱紧了。"

不是鹿安又是谁？

摩托车发动，加速，我下意识地抱住他的腰，然后随着他一起飞驰而去。

一路上，鹿安将车开得极快，仿佛在宣泄着某种情绪，所有同向而行的车都被他轻而易举地超越，我想如果给他一双翅膀，肯定就能够飞翔。

扑面而来激荡的风，让人窒息的左摇右晃，还有他身上那熟悉的味道，混合包围着我，让我头晕目眩，一种强烈不真实的感觉侵袭着我的全身。我幻想过不下一百种和他再见面的方式，却怎么也没想到会是如此紧张、刺激，充满了暴力，却又诱惑至极。

他究竟要干什么，难不成要带我私奔，从此浪迹天涯，四海为家？如果真是这样，我走，还是留？

我的理性告诉我绝对不能答应，但我的心却分明在点头。

就在我胡思乱想之际，车速开始变缓，我睁开眼，发现他已经将我带到了郊区的一个很熟悉的水库边。以前我们好的时候曾经多次来过这里，留下过很多甜蜜的回忆，每次鹿安钓鱼我看书，偶尔相视一笑，便是幸福。

鹿安停好车后摘掉头套，扔到草地上，然后也不理我，径直走到水边，瞪着眼睛看着前方。

而我，晕得五脏六腑都快吐出来了，气得走到他身后，用力推了他一下，怒斥："有病吧你？干吗开这么快，吓死我了，你知不知道？"

他转身，没有说话，眼神变得迷离起来。风吹起他的头发，露出那双漂亮至极的眼睛和棱角分明的脸，一时间竟像在梦境里，好不真实。

"你带我来这里干吗？你要死赶紧的，早死早投胎，别拉上我，我活得好着呢，你好讨厌啊！"

我越说越气，一拳又一拳砸在他的胸前。他毫不闪躲，眼睛里的情感愈发浓烈，仿佛就要溢了出来。

就这样，我一边骂，一边打，他始终一动不动，直到最后我打累了，瘫坐在地上。

"打够了吗？"这是那天他对我说的第二句话。

我拼命摇头，咬着嘴唇，斜着眼睛，冷冷看着他。我想让自己看上去凶狠一些，非此不能表现我对他的态度。

"那就继续打，直到你打够为止。"

我缓过神来，继续对他咆哮："我手好疼，你到底想干什么？"

"你到底想干什么？"他竟然也大声反问，"怎么就成了你不要的我？"

"神经病！"我懒得和他吵架，用尽全力往回跑，结果刚跑两步就被他抓住了，这次他干脆双手紧紧握住我的肩膀，我再也无法动弹。

"七七，你到底闹够了没有？"

"没有！"我回答得更大声，"你是我什么人？要你管？"

"七七，我们和好吧，我真的受不了了。"鹿安眼圈竟然瞬间红了。

"我不答应，凭什么？"我不停地蹦，试图挣脱开，"放手啊！你弄疼我了。"

"七七，你听我说！"他手上力度轻了些，却依然不松开。

"我不听，我不听！"我捂住耳朵，"凭什么你说分开就分开？凭什么我那么求你回头你都不理不睬？凭什么你要和好就和好？你也太自以为是了吧，鹿安？"

"对不起，都是我不好。我一开始想的不是这样，真的，太乱了。"

"乱？"我对他冷笑，"哦，我知道了，肯定是草莓把你也甩了，所以你又想起我了，你这人可真够薄情寡义的，而且自以为是，简直是个大臭屁。"

"不是这样的。"

"就是这样，对不起，我不当你的备胎，你爱找谁找谁，咱俩没关系。哎！你要干吗啊……"

我剩下的话还没有说完，又被他拦腰抱到了车上，然后飞驰离开。

10

　　这次停留的地方竟然是市医院，上次来，还是因为陶梦茹，没想到时隔两个多月，我再次来到这里。可是他带我来这儿要干什么？任凭我绞尽脑汁也想不出一个所以然，干脆大脑放空，反正不管他用什么办法，我都不会就范，我已经铁了心要和他"血战到底"。

　　鹿安下车后始终一言不发，紧紧拉着我来到住院部最内侧的一间VIP病房，隔着玻璃，我看到了病床上有一个女孩戴着呼吸机，紧闭着双眼，好似正熟睡着。她是那样安详，那样恬静，虽然相隔数米，但依然可以感受到她的美丽。如果她现在好好的，肯定是一个特别漂亮、特别有魅力的小姐姐！

　　鹿安换好衣服，轻轻走了进去，医护人员显然都认识他，彼此眼神交流，点头示意。

　　我紧紧跟在他身后，突然反应了过来，惊愕地问："草莓？"

　　"嗯！"鹿安轻轻点头，同时做出一个小声的示意动作。

　　天！这个躺在病床上不省人事的女生竟然就是我"日思夜念"的草莓，而我们竟然以这种方式见面，这简直太不可思议了。

　　她为什么会变成这样？到底得了什么病？鹿安现在和她什么关系？我是不是误会了什么？一瞬间，脑海中全是疑问，感觉自己快要窒息了。

　　鹿安走到草莓身边，轻轻地掖了掖被子，然后开始给她做起了按摩，整个过程是那样娴熟，更是充满了温柔和细心。

　　病房里除了监护仪器发出的"嘀嘀"声，再无其他声响。草莓依然紧闭双眼，没有任何反应，只不过她的嘴角似乎泛起了淡淡的笑意，仿佛很满足。

　　鹿安足足按摩了半个小时才起身，又和医护人员轻轻交流了几句，然后带我来到了医院的花圃。

　　"怎么会这样？"我赶紧将心头压抑已久的疑惑和盘托出，"快告诉我，草莓到底怎么了？"

　　"植物人。"鹿安语气平静地说。

　　"天哪！"我倒吸了口凉气，"那她……还能醒过来吗？"

　　鹿安摇摇头，眼神深邃地看着前方："两年了，我用尽了所有方法都没有唤醒她。医生说，这是不可逆的，这辈子，她都只能在黑暗里度过余生了。"

　　说这些话的时候他的声音在颤抖，我知道他一定很痛苦。

　　"那你为什么不早点告诉我？"我提高了语气，"你为什么要一直瞒着我？你到底怎么想的？"

　　"我怎么告诉你？"鹿安也激动了起来，"告诉你我有一个植物人前女友？告诉你不要在意，因为她根本什么都不知道？"

　　"你可以的啊，我不在乎。"

　　"我在乎，在我心中，你是你，她是她，我对你俩的感情是独立的，不可以混淆。"

　　"呵，你还真伟大。"我收起了凌乱的心思，故作镇定，"好了，现在我知道了，我可以走了吧？"

"七七，难道你还不原谅我吗？"

"对，我不原谅你。虽然眼前的一切真的让我很意外，但这依然不能弥补你对我的伤害，"想到这里我的眼泪又下来了，"你真的不知道这些天我是怎么过来的。"

"那你又知不知道这些天我是怎么过来的？你光想着自己有多么难受，你知不知道我比你难受一百倍、一千倍！"

"我不知道，也不相信。"

"你必须相信我，你以为我们分手真的是因为草莓吗？"

"当然不是因为她了，而是你这个人薄情寡义，狼心狗肺。"虽然我的心里很疑惑，但我不想表现出来，我脑子里只有一个念头，就是要激怒他。

"七七，真想不到你这么……固执。"

"现在发现也不晚啊，我一身臭毛病好了吧，你赶紧放我走，以后永远都不要再联系我，"我的眼泪又出来了，"我真是受够了。"

"不，我不会再放你走，"鹿安拉住我的手，目光如炬，"你知不知道前些日子你一直身处危险之中？只要我还和你在一起，还像原来那样对你，你随时都会遭遇不测。"

"晕，你电影看多了吧？"我冷笑，"这理由可真够新鲜的，谢谢你哦。"

"我没骗你，我不想连累你，所以只能主动伤害你，离开你。"

"别说啦！"我怒不可遏，"鹿安，你真的当我是傻子吗？行啊，我相信你，既然你薄情寡义是为了我好，现在为什么突然又改变主意了，难道你不怕我再有危险了？"

"因为……"鹿安喘着粗气，眼神通红。

"因为什么？我倒要看你还能编出什么稀奇古怪的理由。"

"因为……"

"说不上来了吧，自相矛盾了吧。哈！被我戳穿了吧。还有，你终于承认你是故意冷落我、伤害我了，所以有今天你就是活该，这就叫报应，啊……"

我突然什么都说不出了，因为鹿安的嘴已经堵了上来。

他一定是不知道该如何回应我，所以只能通过这样的方式来表达内心的炽热。不得不承认，对两个依然深深相爱的恋人而言，这是最直接最野蛮却也是最有效的方式。

他疯狂地亲吻着我，而我在经历了短暂的反抗后也热烈地回应着他，我们仿佛要把过去错过的所有的吻都弥补回来，仿佛要把所有的恩怨都亲吻干净，仿佛就这样一直吻下去，吻到地老天荒，吻到海枯石烂，吻到山无陵，天地合，乃敢与君绝。

我们也不知道吻了多久，他终于停了下来，而我因严重缺氧而呼吸急促。我看到他的嘴巴通红通红的，一定是被我咬的，我看到他依然不满足地紧紧抱住我，在我耳边柔声说："七七，我实在受不了，你这个小妖精，我受不了你和别的男生好，哪怕我知道那是在演戏，我受不了你和别的男生一起吃饭，我受不了你和别的男生一起约会，你是我的，我受不了没有你的一分一秒，哪怕付出我的生命我也要和你在一起，从现在开始，我要每时每刻保护着你，再没什么力量可以让我们分开。"

SCENE

4

STRAWBERRY
草莓

卢一获

第四幕

极乐之宴

大雨是最好的掩体，我们可以不在乎别人的眼光，卸下所有的伪装。

我们在雨中奔跑、追逐、嬉闹、大笑，像两个无忧无虑的孩子。

我真的好久都没有如此放松、如此开心了。人骗不了自己，我和余阮在一起时的快乐和幸福，是其他任何事物

都无法替代的，他才是我的极乐之宴。

大雨求求你，大雨不要停。

1

因为余阮的意外出现，我放弃了远行的计划，将梦想生生搁置。

再次相逢的那个夜，我们一夜无眠，东方既白之际，这个城市突然下起了倾盆大雨。

余阮很高兴，余阮说："每当天公不作美，都是我重获自由的时候。妞儿，走，带你去个地方。"说完，他便拉着我的手，冲进了大雨里。

天！他竟然叫我妞儿，叫得那么自然，还很亲切，我开心极了，本来还有点失落的心立即被填得满满的，我紧紧地搂住他的胳膊，从现在开始，再也不想和他分开一分一秒。

那天的雨真的好大，银河倒泻，天地生烟，一米之外，不见踪迹，置身其中，宛若幻境。

大雨是最好的掩体，我们可以不在乎别人的眼光，卸下所有的伪装，在雨中奔跑、追逐、嬉闹、大笑，像两个无忧无虑的孩子。

我真的好久都没有如此放松、如此开心了。人其实是骗不了自己的，我和余阮在一起时的快乐和幸福，是其他任何事物都无法替代的，他才是我的极乐之宴。

大雨求求你，大雨不要停。

雨一直下，余阮却很快带我到达了目的地——位于城南地带一家屠宰场的地下室，那里阴暗，潮湿，充满了血腥气，甚至，阴森恐怖。

我心一沉，眼泪快要涌出来了，心疼地看着他，小心翼翼地求证："这些日子，你一直都躲在这里吗？"

"对呀，是不是很安全？"他推开沉重冰冷的铁门，做了一个请进的手势，"有请了，卢一荻小姐。"

房间很小，里面除了一张破床，其他什么都没有，甚至那张床也只有一半，另一半早塌掉了。在此之前，我一直不理解什么叫家徒四壁，那一瞬间，我觉得这个成语，非常恰如其分。

我痛苦地摇着头，这根本就不是人待的地方啊！即使生理上受得了，心理迟早也得崩溃，难怪甄帅始终找不到他，因为没有人相信这里还会住着人。即使现在我亲眼看见了，可还是无法接受。

"知道吗？每次我都是这样度过漫漫长夜的，又能休息，又能随时逃跑，"余阮跳上床，抱肩蜷缩着蹲在角落里，然后美美地点燃一根烟，"这里呢，条件是差了点，不过也不是没好处，首先就是很安全对吧，其次呢我每天都能听到无数猪在临死前发出的哀嚎声，可以让我时刻保持清醒，感受到疼痛，想起当年我躺在南方烈日下奄奄一息等死的场景。"

余阮说着说着眼神中的色彩就变得凶狠起来："而所有的这一切都能让我保持仇恨，今天我受的苦，明天我一定要加倍还给他们。"

他们是谁，是鹿安、甄帅，还是他那穷凶极恶的父亲？是他在南方流浪时欺负过他的地痞流氓，还是所有和他不是一个世界的人？

答案不得而知，答案都在他的心里。答案是什么，其实已经不重要了。

重要的是，恨的种子已经种下，没有什么力量可以阻止它生根发芽。

我上前，紧紧抱住他，深情抚摸他消瘦的脸颊："对不起，让你受苦了，都是我害了你。"

他又恢复了之前的轻浮和不羁："哈，这话没毛病，你的确应该忏悔。"

他这样说，我反而不乐意了，条件反射地反驳："可是，明明是你先伤害我的，否则我也不会报复你。"

"这倒是，可谁让你先爱上了我呢？"

"你的意思，一切的源头都是因为爱咯？"

"对呀，爱是最坏的东西，简直罪不可恕。"余阮抓着我的肩，将我按坐在床上，然后用手轻撩我的耳垂，那里是我身体最敏感的地方。

"讨厌，别弄了！"我浑身痒痒的，挣扎着想站起来。

他却不让，嘴很快也凑了过来，边吻边含混不清地说着："我还记得第一眼见到你的感觉，和现在一样，有一种特别的美，你身上那种病态的、残破的，甚至阴暗的气质，让我浑身燥热，无法自控。我受不了，真的受不了……"

他的说话声越来越急促，舌头的力度也变得越来越剧烈，顺着耳垂到脖颈，然后一路向下。

"你要干吗呀？"我吟叫，"你不会是想在这里那个吧！"

他没回答，只是用行动证实了我的猜想。

"不要啊，这床吃不消的。我们回去好不好？"

"不好，你是我的，你跑不掉的，你永远都是我的……"

2

那天之后，我和余阮开始了一种非正常的同居生活。

说非正常，是因为我们见不得光，我们如同蝙蝠，昼伏夜出。白天他躲在屠宰场的那间地下室里思考人生，夜间则会悄悄潜到我的住所。整个世界都在沉睡，我们却开始了一天的生活。吃饭，聊天，打游戏，当然也包括相拥而眠。我们就像这个城市的任何一对年轻的恋人那样，除了日夜颠倒且无法正常外出，其他似乎没什么不同。

哦不，还是有很大的不同，那就是每天凌晨四五点我们都要经历一次告别，其他恋人一生告别的次数或许都没有我们一个月多。

每次分别，我的心情都会很不好。我总担心某次平淡无奇的告别后，就成了我们之间的永别。

韩寒在《后会无期》里说：每一次告别，一定要用力一点，因为任何多看一眼，都有可能成为最后一眼；多说一句，都可能是最后一句——字字讲到了我的心里。

是的，我没安全感，一点儿都没有。

好几次，我劝他留下来，不要走，白天只要不出去，就很安全。我也不出去，健身我都可以放弃，我们就每时每秒黏在一起，那该有多好！

结果他却说："一点都不好，只有在那里，我才会有灵感。"

我知道他说的意思，他需要痛苦来激发他的斗志，那我就要用幸福瓦解他的意志。

这是我和他之间一场全新的较量。如果说余阮带着某种近乎神秘的意图重新出现在我的世界，而我欣然接受却也有着不可外道的小小心思，那就是：我要无微不至地照顾他，让他感受到家的温暖；我要把最好的温柔都给他，不管他要什么，只要我能做到，都会立即满足他；我要让他明白，与其在江湖上打打杀杀过着刀口上舐血的生活，还不如和我远走他乡，一起过平淡却幸福的日子。

我是女人，我不关心也不在乎那些江湖恩怨，我最大的理想不过是和所爱的男人生儿育女，厮守终身，为了这个目标，我可以付出所有。

这个想法随着我们感情的递增而日趋强烈——是的，种种迹象都表明，他对我绝对是有感情的，而且越来越依赖我，这让我特别满足，也特别有成就感。

再暴力的男人也是孩子，只要给他甜美的乳汁，他就会在你怀里安然入睡。

一次近乎完美的床笫之欢后，我趴在他的胸膛上，情不自禁痴情地说："亲爱的余阮，让我们一起远走高飞离开这里吧，去到一个谁也找不到的地方，然后我们相依为命，彼此照顾。我会嫁给你，你会娶我，我不渴望有什么大富大贵的条件，只想健康平安，一起幸幸福福地度过余生。"

说完后，我静静等待着他的反应，只要他同意，我恨不得立即就离开。

可是他却把我推到了一边，面无表情地问："你是说着玩儿呢，还是当了真？"

我心一沉，却不想回避："当然是真的了，我想了很久，我觉得这对你对我都是一个特别好的归宿。"

"去你的吧！脑子有病啊！"我再次见识到了他翻脸比翻书还快的臭德行，他光着身体下床，对我直接辱骂了起来，"我受了这么多苦，遭了这么多罪，结果就是为了和你过小日子？别天真了。我跟你说，那不可能。"

看着他那副嘴脸，一瞬间我仿佛回到了从前，过往所有不好的感觉，统统排山倒海般地回来了。我这才意识到，余阮还是那个无情甚至残酷的家伙，什么都没改变，一切不过是我自己幻想出来的美好而已。

于是我也立即收起温柔，露出獠牙，变得像过去那样，对他冷嘲热讽："到底是我天真还是你天真？你现在门都不敢出，每天都像坐牢一样，还想着打败鹿安呢？醒醒吧，不是我养着你，你早饿死了。"

以我对他的了解，我如此讽刺他，他肯定受不了，他应该会打我，如果那样，我就还手，就像过去一样，这个人根本就不值得去对他好，狼心狗肺的东西。

可是他虽然很生气，却并没有对我使用暴力，而是闷闷地在床边坐了下来，气急败坏地说："你说得没错，我现在确实太窝囊，我把自己快逼疯了，还是没想到一个万全之策，不行，我不能再这样。"

"我看你就别逞强了，你就一个人，除了当缩头乌龟，还能怎么办？"我冷笑，"我让你和我走，是给你台阶和机会，别给脸不要脸了。"

余阮突然转头死死盯着我，眼神里凶光毕现。

我被他盯得发毛："你想干吗？我可不怕你，你敢动我一下，我就和你拼命。"

"卢一获，你说得对，我现在不能当缩头乌龟，我应该走出去，只有走出去，我才知道机会在哪里。"

"哈！我看你脑子真进水了，你现在出去，用不了一个小时就会被他们抓住，你信不信？"

"我不信，"余阮振振有词，脸上突然露出自嘲式的笑，"绝对用不了一小时，最多二十分钟，大街小巷到处都有他们的人。"

我冷笑："知道就好。"

"所以我需要想一个既能出去又不会被他们抓住的办法。"

"别痴心妄想了，这怎么可能，除非你整容。"

说完，我和余阮同时眼前一亮。余阮一拍大腿："对啊，他们要抓的人是余阮，如果我不是余阮了，他们不就不抓我了嘛。"

"可是你怎么才能不是余阮呢？你又不可能真的整容。"

"这个简单，我问你，你们女生除了整容，还有什么办法让自己面目全非？"

"PS（修图）。"我不假思索。

"还有呢？"

"还有就是化妆咯，"我看着他，"有一种很厉害的妆容，叫仿妆，你想试试吗？"

"可以啊，卢一获，你化妆水平应该还行吧？"

"还行？谢谢你可真瞧得起我，"我给了他一个大大的白眼，"我敢发誓，你这辈子都不可能再遇见一个化妆比我还厉害的人。"

"太好了，那你能把我化妆成女的吗？"

"当然没问题，把你化妆成一条狗我都可以。不过，我不愿意。"

"为什么？"

"因为你刚才伤害我了，我现在心情很不好，"我赶紧借机一泄心头之恨，"除非你求我。"

余阮用手指我："卢一荻，你有点过分了啊！"

"快点，否则别怪我改变主意。"

余阮叹了口气："好好好，我求求你，你大人不记小人过，行了吧。"

"不行，说我错了，我再也不敢了。"

"傻妞儿，我的好宝贝，我错啦，以后再也不敢这样对你了。"

"如果再这样伤害我，就是乌龟王八蛋，不得好死。"

"没问题，我通通接受。"

"哼，这还差不多，"我高兴极了，记忆中我还从来没这样虐过他呢，"你坐好了，我这就去拿化妆品，让你见识见识我的厉害。"

说到化妆，我真的超有心得，如果没记错的话，我应该是在 6 岁时无师自通地用起了我妈的化妆品，除了给自己化妆，我还将所有的娃娃都化了个遍。8 岁那年我有了自己人生中的第一套彩妆，青春期的时候我更是对化妆着了魔，我每天必须化妆，否则会觉得像没穿衣服一样，为此没少挨老师的批评。前两年网上流行仿妆，就是通过化妆去模仿不同的名人，我觉得挺有意思，也尝试模仿了几个人，结果效果特别好，传到网上后点击量轻松超过了百万次，成为我灰暗人生中的最高光。

在我的涂抹下，没用多久余阮便改头换面，当他最后戴上假发以及穿上我最好看的那条红色长裙后，我自己都震惊了，我面前的余阮分明就是一个女生，而且是那种又性感又美丽的大模，他一颦一笑都风情万种，既有我们女孩的妩媚，还有男生独有的英气，我想顶级人妖应该也不过如此吧。

我噘嘴，装作生气地将手中的眉笔扔到一边："不化了，真讨厌。"

"又哪里惹姑奶奶你不高兴了？"余阮对着镜子欣赏自己的新面孔，显然他自己也十分满意，"真没想到，你化妆水平这么高，我真是捡到宝了。"

"你怎么可以这么漂亮嘛，还有我的裙子你竟然也穿得上，而且比我还要好看，我真的好失败哦。"

"哈哈，你应该有成就感才对，"余阮故意对我抛了个媚眼，"既然我这么风情万种，不如去当小姐吧，来钱还快，还省事。"

我骂："瞧你那点儿出息，臭不要脸。"

他却不以为意，继续调侃："或者我可以去勾引鹿安，用美色征服他，而不是靠打打杀杀，你觉得怎样？"

"不怎么样。鹿安才不会喜欢你呢，就算你是个真女人，也没戏。"

"也对，他痴情是出了名的，不过好像做他的女人，都没有什么好下场。"

"你和鹿安的恩恩怨怨我不管，反正我不许你伤害璐宛溪，听到没？"

"知道啦！"他在我脸上亲了一口，然后赶紧补了补口红，"好了，我现在就出去，这些天真是憋坏啦！"

"等会儿。"我突然在他身后叫。

他回头："怎么了？是不是哪里露馅了？"

我摇头："小心点儿，记得我在家等你。"

他点头："放心吧，妞儿，做好晚饭，等我回来一起吃。"

余阮走了，我的小房间瞬间变得空空荡荡，和过去的每天一样，只要是分离，我都会不舍和紧张。我不知道该如何才能真正抓住这个男人的心，让他明白我才是这个世上最爱他也最值得他珍惜的那个人，不知道什么时候才能和他正大光明地恋爱，更不知道在这貌似风平浪静的表面下究竟酝酿着怎样的腥风血雨。我只知道，我脚下之路和心之所向已经南辕北辙，哪怕面临深渊，也只能闭眼狂奔，哪怕粉身碎骨，也注定无法回头。

3

那天直到暮色四合，余阮才姗姗归来。

他看上去心情不错，一进门就叫："妞儿，饭呢？我饿啦！"

"对不起，对不起，我不小心睡着了，我这就给你去做，"我从噩梦里惊醒，慌不迭地道歉，"要不，我叫外卖吧，你想吃什么？"

"随便，快点就行。"余阮一屁股坐进沙发里，将假发甩到一边，"真没想到做女人还挺累，特别是穿高跟鞋，根本走不了道儿，你们女人可真不容易。"

我点好外卖后坐到他身边，紧紧搂着他，把脸贴在他的胸前，委屈地说："你都不知道人家有多担心你。"

"有啥好担心的？"他用疑惑的眼神看着我，故意调侃，"我知道啦，你肯定担心我被帅哥拐走对不对？"

"讨厌，我担心你被他们发现了，然后回不来了，"我感觉自己鼻子酸酸的，"他们那么恨你，会打死你的。"

"哈哈，卢一荻，你真是个白痴，那怎么可能！"余阮正色地说，"第一，真正恨我的人其实只有甄帅一个人，其他人不过听命行事而已；第二，就算他们真发现我了，以他们的能力，想抓到我都很费劲，想打死我，更不可能；第三，他们也根本不可能发现我，事实上，我今天都凑到甄帅几个小弟的鼻子前了他们都没认出来，而且还想撩我，对我又是挤眉弄眼又是吹口哨，显然真把我当成一个美女了。"

"那么夸张？他们瞎啊！"我突然有点儿嫉妒，没好气地说，"这是有多久没见到女人了？一群色狼。"

"主要还是效果好，"余阮走到镜子前，搔首弄姿，沾沾自喜，"总之今天非常爽，简直没什么比戏弄别人更开心的了。"

"好吧，你开心就好。那明天……还出去吗？"

"必须的，而且明天你得给我化得再性感一点，可以吗？"

"这简单，明儿我往你胸前和屁股上多垫点儿东西。还有，我那件豹纹抹胸你也穿上，保证迷死人不偿命，"我撇撇嘴，"唉，真没想到你装女人还装上瘾了，我看你干脆去韩国做个变性手术，以后我管你叫姐姐得了。"

接下来的几天，每天我都会给余阮化好不同的妆容，职场白领、邻家女孩、知性美女、性感女神……也不知道是我技术太高超，还是余阮条件太好，反正每个妆容和造型他都能轻松驾驭，搞得我是又开心又沮丧。

每天他外出的时间越来越长，显然对驾驭自己的新身份已经得心应手，可我总担心他会露馅，就算他再像女孩，总归不能开口说话，莫非他在外面的人设是一个哑巴。呀！哑女，好需要人保护有没有？好让人心疼有没有？余阮啊余阮，你还能再作一点吗？你就是一戏精，没上电影学院当演员真是白瞎了你。

4

一天，余阮比往常更晚回来，回来后也显得特累，但心情似乎更好，一进门就嚷嚷着让我多弄几个菜，说自己今天收获特别大，要庆祝一下。

他高兴我就高兴，于是赶紧下单，点了很多烧烤。

吃饭时，余阮一口气干掉两瓶啤酒，然后从喉咙里打出一个长长的饱嗝，高呼："爽！"

"快说，到底有什么重大收获，这么兴奋？"

"我终于找到了一个反败为胜、打败鹿安的好方法了，"余阮往嘴里扔了一把花生米，边嚼边看着我说，"我决定主动现身，让他们抓到我。"

"啊！不行，你疯啦！"我放下筷子，叫，"这是什么狗屁好方法？

我看你这几天装女人装糊涂了。"

"绝对可行，这就叫置之死地而后生，"余阮一脸认真，不像开玩笑的样子，"其实我早就该想到，可惜我把事情算计得太复杂，反而把自己给绕进去了，白白痛苦了这么久。"

"不明白你在说什么。"

"不明白是吧？不明白很正常，不明白就对咯。来来来，我给你简单捋一下，我最初呢不过是想赚一大笔钱，至少能让我家人孩子一辈子衣食无忧，所以我想把这里的首富也就是鹿安他老爹给绑了，这对我来说并不难，机会真的很多。只不过后来随着我对鹿安的了解加深，我突然很想能够亲手打败这个人，不光肉体，更是灵魂。这就非常难了，他人多势众，而且很强大，我根本没有机会，加上现在他们还在追杀我，我就如同丧家之犬，如果不是你收留我，可能都得活活饿死，更别提反败为胜了，简直不可能。"

"的确不可能。我一直觉得你在臆想，你就应该彻底放弃这个虚妄的念头，和我远走高飞才对。"

"你别急，听我说。这几天我不是能够出去了嘛。我接触了不少鹿安的小弟们，我突然发现我想错了一点，正是这一点，导致我后面的思考全是错的。"

"讨厌，别吊我胃口了，快说。"

"很简单，我先入为主地认为鹿安很强大，他人多势众，而且精诚团结，这是不对的，事实恰恰相反。"

"怎么不对了？他那么有钱，谁都知道他是这里的大哥，跟他的兄弟有好几百人，每个人都对他忠心耿耿。"

"所以呢？"

"所以你想要搞他很不现实，甚至根本就没有任何机会。"

"你错了，首先，他们没有几百人，我都打听清楚了，鹿安所有的小弟加起来不过一百来号，并不算多。其次，他们也没那么团结，都是一些表面现象，恰恰相反，鹿安的那帮小弟对他怨气很大，特别不满他现在的一些做法，只是迫于他的淫威不得不就范而已。"

"不可能，连我都知道鹿安特别讲义气，那些跟着他的人都是心甘情愿并且死心塌地的，在他们心里鹿安不光是大哥，而且还是精神领袖。"

"精神领袖个毛线，这些都是甄帅告诉你的，对吧？"余阮将酒瓶重重放在桌上，"甄帅那个笨蛋早被鹿安洗脑了，鹿安放个屁他都觉得是香的，他哪里知道其他兄弟是怎么想的。"

我有点迟疑了："那他们为什么要对鹿安有怨气，是鹿安哪里对不起他们吗？"

"哪哪都对不起，"余阮眉毛一挑，"这几天我净和这些人混在一起，听到的都是最真实的心声。你当那些人跟着鹿安真的是为了什么兄弟情？演电影啊，《英雄本色》啊？别闹了，大家目的其实都一样，就是为了现在能混口饭吃，将来能多赚点儿钱。鹿安不是大哥路子野吗，不是富二代很有钱吗？所以大家才投奔他。结果倒好，这哥们不但不带领兄弟们去发财，反而一天到晚规定这个不许干，那个不许做，把大家都当小学生了，得'五讲四美'，德智体美劳全面发展，这不有病吗？拜托，他是富二代什么都不用愁当然可以站着说话不腰疼，可兄弟们呢？兄弟们把命都交给他了最后什么都没捞着，你说大家伙能没意见吗？"

余阮越说越激动，把自己情绪都套进去了，显然这几天没少听鹿安兄弟们的抱怨。

我摇头："我怎么还是不很明白呢？"

"这有什么听不明白的呢？你有那么笨吗？"余阮竟然急眼了，"说白了，鹿安现在就是想把自己洗白，当初他怎么当上大哥的，还不是靠拳头，靠暴力，靠把别的老炮儿打垮然后取而代之？好，现在他当上大哥了，开始倒行逆施装犊子了，动不动就说要去暴力，然后搞金盆洗手、退出江湖，还开个破奶茶店，一天到晚扎个头套系个围裙，弄得跟个小鸡崽一样，这不有病吗？他不当混混还能干什么，当科学家啊，去做实验拿诺贝尔奖维护世界和平啊？说来说去，还不是为了女人，喊！"

"女人？璐宛溪？"

"跟她没关系，我听说是一个叫什么草莓的娘们，鹿安就是为了她坐的牢，也是为了她才决定退出江湖，要不怎么说他是个情种呢。"

草莓？这是我第一次听到这个名字，我突然想，璐宛溪和鹿安分手，会不会和这个草莓有关系？

"那他们现在还好着吗？"

"好个屁，那女的现在成了植物人，正躺在医院等死呢。听说鹿安每个月要在她身上花好几万，脑子真是坏掉了。"余阮嘴角露出阴冷的笑容，"这些都是我这几天打听到的，说起来还真是意外收获，所有这些他在乎的软肋，都会成为将来我让他痛苦的理由。"

"那就奇怪了，既然鹿安为了这个草莓退出江湖了，怎么现在又当上大哥了呢？"

"说到这个就和你那个傻白甜闺密有关系了。"

"七七？"

"对，这个七七一次被人给打了，结果鹿安主动替她出头违背了自己立下的誓言，然后差点把对方给活活打死，他那帮兄弟正好群龙无首，一个个起哄说请鹿安出山主持大局，于是鹿安半推半就又重出江湖。其实就是找了个借口，借坡下驴罢了。总之，鹿安这个人表里不一，两面三刀，特别虚伪——这些也都是他兄弟亲口告诉我的，你说他们能有多团结？"

真想不到在我疏离璐宛溪的这些日子里竟然发生了这么多事，我突然发现自己其实挺惦记她的，以前每天在一起只觉得厌烦，现在分开了才会一点点明白自己内心真实的感受，或许等忙过了这段日子，我应该主动找她一次，对，主动，她一定会受宠若惊。

"鹿安做得确实有点儿过了，不过这样是为了自己喜欢的人，倒也情有可原吧。"

"狗屁，己所不欲，勿施于人，不能这么双重标准的。他要么退了就别再回来，回来了就纯粹一点。现在倒好，占着茅坑不拉屎，就算他是真想上岸做个好人，干吗非要拉着大家伙儿陪他一起装呢？他不想赚钱那是因为他有钱，可是他考虑过兄弟们的感受吗？没有，聪明反被聪明误，他绑架了兄弟们的情感却也招致了兄弟们的反感。就像皇帝的新衣，大家都明白怎么回事，只是没人去把这层窗户纸捅破，所以表面上还挺美，其实内部早就烂透了。这就是他现在最可恶也是最可怜的地方，也是最值得我下手的地方。"

听到这里，我终于把这件事的来龙去脉基本上弄清楚了，我相信这些都是真的，可是余阮到底想要做什么呢？

我疑惑："好吧，就算你说的都是对的，你到底想怎么做？"

"很简单，我要把这种情绪放大，然后彻底引爆，"余阮声色俱厉，做了个手起刀落的动作，"我要将鹿安赶下神坛，取而代之。"

我心一沉："可这和你计划先让他们抓住你有什么关系？"

"只有这样我才有机会当着鹿安所有兄弟的面去驳斥他，然后赢得民心，最终让他们反戈，"余阮目光如钩，狠狠地一字一字地说，"等他们以为抓到我之时，就是鹿安失去一切之日，这一局，我赢定了。"

5

尽管余阮言之凿凿，充满了不容置疑的自信，我还是对他这个过于开脑洞的方案心生疑虑，且深深担心他的安危。毕竟这不是打游戏，Game Over（游戏结束）了重新开始就行，我很清楚如果余阮失败了迎接他的后果将会是什么，他所有的希望、所有的付出、所有的良苦用心，将会统统归零，甚至，生命也会危在旦夕。

"傻妞儿，是不是怕我被他们打死了，你守寡呀？"余阮显然洞悉了我的担心，他干脆坐到我身边，将我揽在怀里，逗起我来，"放心吧，我死之前，会给你找个好人家的，彩礼钱我都给你准备好啦，绝对不会让你受屈的。"

"讨厌，你别这么说，"我鼻子一酸，紧紧搂住他，"要不我们还是离开这里吧，我发誓，我一定可以让你过上幸福的生活，相信我。"

"说你是傻妞，你还真配合，"难得余阮听到这句话没有再暴怒，反而倍加温柔地对我说，"我当然相信你了，现在你简直是这世上我最相信的那个人。可是傻妞你知道吗？我们已经无处可去，如果我们畏惧眼前，就算逃到别处，结果一样是失败，因为哪里都是江湖，哪里都有恩怨，都有背叛和戕害。"

我的眼泪流了出来，轻轻点头："逃不了，离不开，这道理我早就该明白，我确实是个傻瓜。"

余阮轻轻为我拭去眼泪："没事，你是女孩，再坚强的女孩也终归感性，你已经很厉害了。"

"可我还是有件事不太明白，"我抬头看着他的眼睛，很认真地问，"为什么要告诉我这些，只是因为信任我吗？"

余阮也看着我，刚才充满温柔和怜爱的表情瞬间荡然无存，过了好一会儿他突然大笑了起来："哈哈……我知道你在怀疑什么，不愧是我的女人啊！"

我心一紧："看来你的这个计划果然和我有关，所以你才特意告诉我的，对不对？"

"差不多吧，你还别说，这个计划离开你或许还真玩不转呢。"

我的口气立即变得冰冷："说，要我为你做什么？"

"别那么紧张嘛，放松点，又不是什么很难的事，"余阮轻轻抚摸我的头，"你听我说，关于这个计划我在脑子里也不知道演示了多少遍，所有可能发生的细节我都预想到了。我坚信以我对鹿安的了解，届时他在面对我的发难时一定会引而不发，不是不敢，而是不屑，因为他已经习惯了装圣人，自然不会和我一般见识，这很好，正好可以给我更多的机会去攻击他。可是甄帅就不一样，我需要他爆发，只要他爆发了就会将我往死里打，我才能够上演苦肉计，最终获得其他人的信任。"

"你的意思是，你需要甄帅狠狠揍你，你还不还手？"

"没错，很震撼有没有？"

"没觉得，白痴都不会这么做吧。"我不屑，"再说了，和我有什么关系？"

"当然有关系了，我总不能真的活活被他打死吧，"余阮眉毛一挑，"所以关键时刻需要你冲出来，阻止他。"

"必须是我吗？"

"必须是你，现在天上地下，我就只剩你一个人，你不帮我谁帮我？"

"好，我明白了，"我听着就开始心疼了，"可是你真的要这样做吗？"

"当然，这是我那天一个很重要的环节，甚至是关键关节。所以你不能出来得太早，太早了效果不好，当然也不能太晚，太晚了我可能真的就挂啦，你就看我倒在地上，满脸是血时再出来。"

"好的，放心吧，"我点点头，又摇头，"不对啊，你怎么确定我能够制止住发了疯的甄帅？我又打不过他。"

"傻丫头，没让你打，你只要骂骂他就可以啦！坦白说，那个时候除了你和鹿安，或许天上地下真没其他人能够制止他呢，"余阮脸上又出现了那种很邪性的笑容，"可是他爱你，所以他怕你，你骂他，羞辱他，威胁他，诱惑他，反正有的是办法。"

我笑："这倒是，他从来没有拒绝过我的任何要求。"

"是啊，他无法拒绝你，就像你无法拒绝我，"余阮在我脸上亲了一口，眼神中多出了一抹意味深长的色彩，连声音都变得深沉起来，"所以你看，爱是一个多么坏的东西，让我们变得越来越不像自己。"

他的这句话让我本来变好的心情一下子又沉入谷底，我真不知道他为什么总是这样反复无常，为什么非要对我说这样的话，究竟是想暗示我还是因为他自己不堪回首的过往。

我只知道，不管是我还是他，不管我们嘴上说得有多现实多无情，我们不过都是爱的奴隶。属于余阮和鹿安的决战即将发生，我、璐宛溪、甄帅，还有更多人的命运，也将随之改变。对此，我们谁都无能为力。

璐宛溪

—

第五幕

草莓草莓

这是一段旷日持久的回忆，鹿安和草莓的故事宛若电影。

电影里有少年血，有英雄泪；有儿女情，有江湖意；有刀光剑影，有一诺千金。

电影里的男孩孤僻、暴力，死亡是他唯一渴望的方向。直到在异国他乡，遇见宛如命中注定的女孩……

1

"从现在开始，我要每时每刻保护着你，再没什么力量可以让我们分开。"

多么美好的诺言啊！

我，鹿安，在分手了六十六天后，再次走到了一起，以一种匪夷所思的方式。

恍然如梦，这剧情我写不出，也不敢写。我一定是上辈子拯救了全宇宙，老天才会对我如此厚待。

为了弥补那些错过的时光，复合后的我们几乎把所有空闲的时间都用来腻歪在一起。每天放学铃声一响，我便会无视老师和同学异样的眼光，第一个冲出教室，冲向奶茶店。那是我们爱的港湾，我在街角奔跑，我在梧桐树下奔跑，我在悦耳的旋律里奔跑，我在别人的祝福里奔跑，奔跑时我嘴角带笑，所有曾经的甜蜜和温馨纷纷铺陈在眼前，于是我的眼前变得绚烂而美好。

而他，鹿安，我深爱的男孩，也保证会推掉所有的事务，放下所有的烦忧，微笑着站在奶茶店门口等待我的到来，这简直是世上最美的画面。我们会拥抱，深吻，宛若连体婴孩，一见面就再也分不开，从此世界只剩下两个人。

这种感觉是那么浓烈、那么幸福，热恋的人们都明白。

记得我问他："为什么我们分开后你就关了奶茶店，因为我吗？"

他点头，低头亲吻我的头发，深情回答："这里有太多你的味道，睹物思人，而你又不在身边，所以只能离开。"

我又问："那为什么那天你会突然过来，也是因为我吗？"

"那天我实在太想你了，就想来这里感受下你的气息，"他依然点头，然后将我抱得更紧，"每次过来我都会幻想，如果你也来了，我该怎么办？结果还真见到了你。虽然当时我气炸了，但回头想想，其实是好事。"

"好事？"我推开他，故意调侃，"看着自己的女朋友在别人的怀里，竟然还说好事！"

"如果不是这样，或许我还在忍，还在等，还在继续痛苦，"他伸手摸摸我的头，"你说是不是好事呢？"

"你真傻！"我将头深深埋进他的怀里，眼泪流了出来，"我们都是傻瓜。"

2

爱情真的好神奇，仿佛世上最伟大的魔法师，可以医治好最黑暗的绝症，让人间充满光亮和缤纷。

重新拥有了鹿安，拥有了爱，感觉原来那个真诚、勇敢、愿意相信和付出的璐宛溪也回来了。

为了能有更多的时间和鹿安谈恋爱，我找了个理由征得了家人同意，从此开始住校，虽然这个过程颇费了点周折，但相对于最后的结果，还是超值。

就这样，我和鹿安开始了“半同居”的日子，和过去一样，我们的日常由一起健身、一起做家务、一起看电影、一起打游戏、一起发呆、一起畅想未来构成，反正不管做什么，都要一起。

和过去不一样的是，他对我更温柔、更体贴、更包容，也更有耐心了。

一起散步的时候，我的鞋带散了，我刚发现，他便已蹲了下去，伸手就要系。

“不要，让你兄弟们看到了多不好，”我赶紧跳开，嗔怪，“你可是他们的大哥。”

“所以我更要以身作则啊！”他却毫不在意，一边系一边仰脖对我笑，“疼自己的女人，不丢份。”

“你这样会把我宠坏的。”

“不会，我对你的宠爱，没有保质期！”

一起逛超市，我总是任性地让他拿很多零食，他明明不赞成，因为觉得对健康不好，可只要我一噘嘴，他就立即照办，一边抱怨一边拿了又拿。

回去后，我突然不想吃了，他刚要高兴地扔掉，我说不许浪费，然后强迫他全部吃掉，他当然不肯，我就说那只能我吃咯，气得他狼吞虎咽，吃完后赶紧去健身。

有的时候我会把作业带到他那里做，他就安静地在一边看书，然而无论什么时候我回头，总会发现他在如痴如醉地看着我，书一页都没翻。

我有点害羞："看什么看？还没看够吗？"

他点头，很认真地回答："永远都看不够。"

我又幸福又感伤："总有一天，你会看腻的。"

他摇头："除非我死了，否则不会有那一天。"

眼泪瞬间出来了，我扑过去："不许你瞎说，要死也让我死在你前头，两个相爱的人，孤零零活着的那个人最可怜了。"

他轻轻拭干我的泪水："那我们谁都不要先死，我们一起活到最后，幸福到最后。"

两个人一起活到最后，这是我听过最美好的童话，童话都是骗人的，可是，这次我真的相信了。

3

在那段幸福的日子里，我们除了尽情享受甜蜜的二人世界，做得最多的事就是一起去看草莓姐。

鹿安原本每周都会去探望草莓两次，数年如一日，从未爽约。每次去鹿安都很低调，从不开他那拉风的摩托，而是打车过去，也从不走医院的正门，并且不带任何兄弟一起去，包括甄帅，感觉是生怕别人知道草莓的存在。一开始我还调侃他为什么要搞得如此神秘，是不是为了提防我，结果他很认真地说不是，因为我大大咧咧的，根本不需要故意防范，何况现在我已经知道了，更无须刻意隐瞒。我追问原因，鹿安只是含糊其词说自己年少轻狂惹了不少事，得罪了很多人，所以现在为了安全起见还是慎重一点为好。

鹿安每次探望草莓的过程其实很简单，就是和她说说话，给她做做按摩，然后听医护人员讲讲她的病情。尽管每次结果都一样，那就是从医学角度而言，草莓已经没有苏醒的可能，但鹿安却从未因此改变过什么，或许对他而言，草莓能否醒来不再重要，因为照顾草莓已经成为他人生的一项重要功课，这是一个习惯，也是一种责任，更是一个男人对女人的承诺。

说起来很奇怪，我对草莓始终充满了一种特别的感觉，虽然我们素未谋面，但冥冥中会感到很亲切，我想，或许是因为鹿安的原因，毕竟我们都是他深爱着的人。

是的，我知道鹿安还深爱着她，可是我一点都不吃醋，更不会难受，因为我明白鹿安现在对草莓的爱和对我的爱并不同，他们像亲人，那种爱是亲情，甚至，我能强烈地感受到在鹿安心里，草莓的存在更像……母亲。

我想他们之间的故事一定很浪漫很美丽，很凛冽也很残酷。

但我从来没有主动问及，那些鹿安年少轻狂的往事，就让它们随着草莓此刻安宁的心，永沉大海。

而从此以后他的人生由我来记录，就让我和草莓一起，拼凑出一个完整的鹿安。

4

尽管鹿安给草莓安排了最好的医护条件，但草莓还是因为太过虚弱意外频出，这是鹿安最揪心也最无奈之处。

一天下午我们刚从医院回来，还没等进家门就接到护士长电话：草莓的身体情况突然恶化，怀疑是急性病毒感染，已被送进 ICU 抢救。挂了电话，鹿安立即驱车载着我赶回医院，草莓的病情比我们担心的还要严重，主任医师说病毒已经引发呼吸衰竭，需要立即手术切开喉管，进行人工干预，考虑到草莓的身体情况，即使最终清除掉她体内的病毒，也大概率无法被救活，让鹿安做好准备，甚至委婉建议他放弃手术，这样对病人来说也未尝不是一种解脱。我清晰记得当时鹿安那绝望的表情，他脸色煞白，眼神中闪烁着泪光，当是痛到了极点，只是身为男人，他强忍着悲伤和恐惧，先是明确拒绝了放弃治疗的方案，然后将手术中所有可能发生的后果都一一理顺，并且在知情书上签字，鹿安表示哪怕只有万分之一的生还希望也绝不放弃，只要草莓还能够活下去，不管付出怎样的代价他都在所不惜。

草莓接受手术时，鹿安一直守护在外，不肯离开半步，不思茶饭，就只是死死盯着手术室的大门，许是他的诚意和决心感动了上天，草莓的手术很顺利。手术完成后草莓浑身插满了各种线管被推了出来，像只刺猬，看上去特别让人心疼，医生说接下来的十个小时对草莓至关重要，是生是死就看这期间她的身体反应了，如果一旦恶化，即使大罗神仙也回天无术。

那天我一直寸步不离地陪着鹿安到九点多，因为没有事前请假，我不能擅自在校外留宿。临走前我劝鹿安不要太担心，吉人自有天相，何况草莓已经那么可怜了，她一定不会再有事的。鹿安点头，轻轻抱了抱我，然后说不能送我了，让我路上多加小心。我心情稍微有点儿失落，当然不会表现出来，等回到宿舍后我给他发了很多信息，他也没怎么回，也不知道是睡着了还是压根没有看，害得我一夜没睡好，做了好几个噩梦。

第二天一大早我再次赶到医院，发现他还雕像般站在重症监护室门口，眼睛里充满了血丝，显然一宿未合眼。我心疼极了，赶紧将买好的早餐给他，可他根本没心思吃，目光更是没有从草莓身上离开过半分。就这样一直生生熬到九点钟，医生在给草莓做了全面检测后告诉我们草莓感染的病毒已经被有效控制，草莓已经脱离了生命危险，他才长长呼出了一口气，然后整个人像瘪掉的气球一样瘫倒在椅子上，满头大汗，浑身虚脱，仿佛自己也刚从鬼门关走了一趟。

草莓因为身体原因还不能接受我们的当面探视，鹿安依然不想离开，于是我陪着他来到花圃散心，上次就是在这里，他强吻了我，从而让一切回到从前，而现在，无论他还是我，都已是不同心境。

"七七，对不起，让你受惊了。"他红着眼看我，语气里满是疼爱。

"你怎么知道我受惊了呢？"我不想看到他都累成这样了还要担心我，调侃，"说不定我一点儿都不在乎呢。"

"你不会的。"他很笃定。

"为什么不会？要知道我和她可是情敌呢，"我故作嗔怪状，"请问，我为什么要担心我情敌的安危呢？"

"因为，你不是那种女生。"

我突然有点儿委屈，还有点儿小生气，反诘："那我是哪种女生？"

"讲道理，明是非，知冷暖，"他脱口而出，"你是个好姑娘。"

"我才不要做这样的人，好累的。"

"谁又不累呢？活着，怎么样都会累，"鹿安叹了口气，眼神深邃，"这就是人生，我们都在负重前行。"

这样的鹿安让我觉得陌生，还让我觉得很心疼。我突然意识到我还是低估了他的过去，低估了他和草莓的感情。

如果说我想更好地去爱眼前这个男人，那么我就无法绕开他的过往成长，还有他和草莓的一切。

于是我轻轻抱住他，第一次发出了这样的请求："如果可以，讲讲你和草莓姐的故事吧。"

他没回答，肩膀微微颤抖了起来，我想他一定很犹豫，或许因为往事太沉重，或许因为那是他和草莓两个人的秘密，他并不想和第三个人分享。

时间仿佛凝滞，而我的心也在一点点变冷。

原来他的内心，还是有我无法触碰的地方，原来我还是无法全部拥有他的情感和灵魂。

"算啦，我就不应该提的，"我好尴尬，故作轻松地吐吐舌头，"其实我也没那么想知道啦，随口说说而已，你不要为难了。"

"不，我愿意告诉你，" 鹿安温柔地抬起我的头，帅气的眼眸看着我，"我早就想把所有的一切都告诉你。"

"为什么？"

"因为，我爱你，我想让你知道我的全部，无论光明还是黑暗。"

我鼻子一酸："好，那我就接受你的全部，无论光明，还是黑暗。"

鹿安点头，微笑着问："七七，你相信一个人真的会因为另一个人而完全改变吗？"

"相信！"我也点头，"不管你说什么，我都信。"

"嗯，谢谢，就是草莓那个彻底改变了我人生的人。如果说我的妈妈给了我身体，那么草莓就是给了我灵魂，没有草莓，就不会有今天的我，"鹿安将目光从我身上移到远方，回忆开始变得悠远绵长，"认识草莓的那一年，我 18 岁，在荷兰，正值人生最无助、最迷茫，却也是最叛逆、最暴力的时刻……"

5

这是一场旷日持久的回忆，随着鹿安的讲述，他和草莓的故事宛若电影，在我眼前缓缓上映。

电影里有少年血，有英雄泪，有儿女情，有江湖意，有刀光剑影，也有一诺千金。电影里的男孩孤僻、暴力，死亡是他唯一渴望的方向，直到在异国他乡，遇见宛如命中注定的女孩，在她的灵魂的滋润下，重获新生，只是相爱从来就不是两个人能够在一起的理由，和世上任何一对不被祝福的恋人一样，他们历尽艰辛，却依然注定分离……

我知道鹿安和草莓的故事一定会很精彩，却怎么也没想到会如此漫长和惊心动魄。他俩犹如两棵荒野中的藤蔓，在长达数年的光阴里，彼此纠缠，恣意生长，并且远远超越了普通的男女之情，即便是我和鹿安，恐怕此生也无法企及。

可是我一点儿都不难受，更不会吃醋。我在听完他的悠长讲述后，心中只有一个念头，那就是：我想好好抱抱草莓，对她说一声：谢谢！

草莓，谢谢你把这么好的鹿安交给了我。你承受了那么多的痛，受了那么多的委屈，却始终能够爱着生活，积极追逐自己的梦想，让爱你和你爱的人变得越来越美好，你真的很了不起。

是的，从鹿安对草莓的描述中，我仿佛看到了另外一个自己，一个更成熟、更美好，甚至更伟大的自己。那是我渴望已久却不得的，现在却从草莓身上获得了感应，不能不说是一个很神奇的体验。

我向鹿安表达了内心的感动，鹿安很高兴地说："草莓真的是一个很好的姑娘，当然你也是，如果你们能够相见，我想她一定也会很喜欢你的。"

"嗯，我也一定会很喜欢她，我现在就已经很喜欢她，"我点头，"可是草莓姐……真的永远都不会再醒来吗？"

"我尊重医学，但我更相信奇迹，"鹿安眼神坚毅地看着我，"你愿意和我一起等吗？"

"我愿意，我们一定会等到草莓醒来的那一天，到时候我会大声告诉她，你没爱错这个男孩。他现在变得很优秀，很成熟，也很正义，就是你最期望的模样，"我不假思索地点头，接着又补充，"不过，他现在是我的人了，你可不许和我再抢哦。"

"哈哈！我绝对相信你会说出这句话，"鹿安被我逗乐了，笑完后突然大声感慨，"真好啊！"

"哪里好了？"

"就是终于把这些往事都对你和盘托出了，从此我对你就再也没什么秘密咯，"鹿安脸上露出久违的笑容，并且耸肩晃脑，"现在我是一身轻松，通体舒畅。"

"小样！瞧把你开心的，哼！"

鹿安突然含情脉脉地看着我："七七，知道吗？原来我瞒着你我的过往，心里总是感到很抱歉，因为觉得对你不公平。现在好了，我再也没有任何顾忌了，从此以后，我就只剩下一件事，那就是，好好爱你，好好宠你。"

我好感动，却不想让他看到，故意说："你把所有的事都告诉了我，就不怕我还有什么秘密瞒着你吗？"

"会吗？"他一脸不相信，"想不到我的七七也是有故事的人呢，哈哈！"

"不行吗？哦，就许你爱过别人，就不许我也有吗？"我赌气，"喜欢我的人多着呢。"

"这倒是，说到这里，你那位书呆子的情况处理好了没？要不要我帮忙呀？"

"什么意思？哎呀，还真是！"我情不自禁叫了起来，这些天我过得太幸福，竟然把崇礼给彻底忘了。要知道现在在很多人眼中，我和他还是情侣呢。这可好，我真的成了脚踏两只船了，怎么办啊！我长长叹了口气，心头顿时涌上阴霾。

"是不是觉得自己惹麻烦了？没关系，别逃避，"鹿安善解人意地对我笑，"勇敢面对就是，总会解决的，我相信你！"

"谢谢，有你真好，"我主动上前抱住他，轻声说，"我知道怎么做，等我。"

"嗯，"鹿安轻轻抚摸我的头，"我一直都在，不管发生什么事，我都会在这里，等你回来。"

6

第二天下午我们没有课，我没直接去奶茶店，而是先到了崇礼的实验室，我知道他一定在那里。

虽然实验楼近在咫尺，但我足足走了半个多小时。一路上我绞尽脑汁，却也想不出究竟该如何向崇礼解释——这本来就不是能解释清楚的事，无论如何，我都已经辜负定他了，而且，辜负的人，还有陶梦茹。

璐宛溪啊璐宛溪，瞧你做的好事，真是够愚蠢的，现在可该怎么办哪？

推开门，崇礼没有像平常那样埋头做实验，而是坐在椅子上，双手合十，眼神专注地凝视着前方的屏幕，上面是一张正在缓缓转动着的 3D 世界地图。

崇礼专注时的样子，真的特别帅气，每每这个时候，我都会感慨陶梦茹没有喜欢错人。

我轻轻走到他身后，他实在太投入了，始终没有发现我。

如果是以前，我大概会敲敲他的头，或者拎起他的耳朵吧，没办法，和他在一起时，我总是觉得他像我的弟弟，我愿意和他玩闹，但始终都无法来电。只是现在，我不想打破这份宁静，于是就在他身后轻轻坐了下来。

时间仿佛凝滞，实验室里很安静，只有墙上钟表发出的规律"嘀嗒"声提醒我这并非梦境。

也不知过了多久，崇礼突然起身，这才看到了身后的我。

"七七，你怎么来了？"他的表情立即鲜活起来，就像漫画里的人物那样，特别可爱，"你什么时候来的，我怎么一点都不知道？"

"我变出来的，厉害吧，"我故作轻松，"你庆幸吧，如果我是坏人，估计你现在已经人头落地了。"

"那倒也好，可以省却不少烦恼，"崇礼难得没有接我的话，而是深深叹了口气说，"我自忖可以解出世上最难解的奥数题目，可怎么也做不好眼前的选择。太难了！"

　　我察觉出情况有异，小心询问："崇礼，你怎么了？"

　　"我们好几天没有联系了。"

　　我心一紧，刚准备说对不起，却分明听到他讲："知道这几天我为什么没有联系你吗？"

　　"啊！对哦，你为什么不联系我？"

　　"因为——我不知道该如何面对你，所以只能逃避。"

　　"为什么呀？崇礼，我不明白你为什么要这么说。"

　　"唉！实在太难了。"又是这句话，还有一声更悠长的叹息。

　　我不乐意了，装作凶巴巴地对他说："好了，你别磨叽了，有什么话快说，都急死我了。"

　　"七七，你先别急，听我讲，前些日子我不是刚参加了一个人工智能的比赛吗？"

　　"对啊，我知道的，电视台都报道了，"我忙问，"结果出来了吗？"

　　"出来了啊，怎么？这你都不知道吗？"

　　"我……哎呀，我对这个又没兴趣的，快说，你拿了几等奖？"

　　"一等奖，全球一共不过十人，我是其中之一。"崇礼淡淡地说完后感觉快哭了。

　　"哇，你太棒了！"我真心为他高兴，"奖金一定很高吧，请客，请客。"

　　"没有奖金。"

"什么情况？一等奖了都没奖金，还世界级别的呢，山寨的吧？"

"只有这个。"崇礼从抽屉里拿出一张邀请函递给我。

我接过，眼前一亮，叫了起来："天哪！麻省理工的入学 Offer（通知），真的假的？"

"当然是真的了。"

"你是说，你能去 MIT（麻省理工）深造了？"

"而且是全额奖学金，"崇礼叹了口气，"好难办哪！"

"这不天大的好事嘛，你还有什么犹豫的？"我开心极了，拍了拍他脑壳，"崇礼，你好矫情啊！"

"我是认真的，因为这里有我放不下的人和事。"崇礼直勾勾地看着我，"你懂的。"

他的话让我一下子又回到现实。无论如何，我都不能再隐瞒下去了，这样不但对鹿安不公平，更会耽误崇礼。不管如何，我挖的坑就让自己来填平吧，顾不得那么多了。

我清了清嗓子："崇礼，其实我一直都在骗你，我根本就……"

"根本就不喜欢我，对吗？"崇礼嘴角流露出一丝苦笑，"我一直都知道的。"

"你知道？"

崇礼苦笑："当然了，我又不是真的傻。"

"你当然不会傻了，你可是我认识的人里面最聪明的，"我笑得好尴尬，声音越来越小，"对不起，都是我不好，我不应该欺骗你的。

可是既然你都知道，为什么还愿意陪我假戏真做？"

"因为我一直都想不明白，既然我都可以把最难的奥数题解开，为什么始终都解不开你的心，我以为，只要再给我一点时间，或许就可以。"

"所以你犹豫不决到底去不去美国留学，只是因为……"

"是的，我还想试试。"崇礼看着我，很认真地说。

我叫："试你个大头鬼啊，你千万不要因为我错过这个千载难逢的好事，否则我绝对不会原谅你的。"

"可是说不定我还有机会呢，我总感觉自己就快接近答案了。"

"不，永远都不会有机会了，因为我就是答案，答案就在这里，明白吗？现在就让答案亲自告诉你，你永远都不会有答案的——好复杂啊，你听明白了吗？"

"听明白了。"

"那你该知道怎么做了吧。"

"我会出国，然后在那里好好努力。"

"嗯，这才像话，崇礼，你是个很优秀的男生，真的特别特别优秀，你会遇到你新的答案，到时候，你一定会迎刃而解。"

"谢谢，七七，我知道你是要和我告别了，可是我想说，能够遇见你，还有天使姐姐，是我最幸福的意外。我不会忘记发生的这些事，我会想念你们的。"

"我也会想念你的，真的，"我张开双手，"崇礼，我可以再抱抱你吗？一路顺风！"

崇礼微笑看着我，突然摇了摇头："不要了，我已经很满足了，你的拥抱只属于一个人，快点过去吧，我想他一定等急了。"

"你……我……你怎么知道的？"

崇礼没有回答，而是很认真地对我说："七七，你是个好姑娘，请你要记得，以后无论遇到什么样的挫折，都不要怀疑自己，都要做你自己，因为你根本无须改变。"

"我们都要成为更好的人，这才是我们彼此相遇的意义。"

记忆中，我从来没有听过崇礼如此正经说过话，以致那一瞬间我突然产生了恍惚感，仿佛此前在我面前一直稀里糊涂的崇礼，像个非正常人类的崇礼，总是莫名其妙的崇礼，思维老脱线的崇礼，其实都是伪装的。他不过在用他自认为对的方式去试图解开他心中的难题，说来说去，我们都是偏执的孩子，直到要分别的时刻，才能够真正说出那一句祝福，从而宣告自己真的放下了那个无法解开的答案。

谢谢你，崇礼，谢谢你喜欢过我，更谢谢你，可以让陶梦茹喜欢那么多年，做过那么多美好的梦。我想梦茹在天堂，也会因为这几年对你的喜欢而熠熠生辉。我不会忘记你，不会忘记这么多年来我们一起走过的时光，不会忘了你和陶梦茹的点点纠缠。你对我的祝福，我都记下了，真心期盼有朝一日，我们还能再见，大洋彼岸，让我们遥相祝福，直至永远。

7

几周后，崇礼便远赴大洋彼岸，从此杳无音信。

我不知道他有没有找到他的专属答案，我只知道不过短短数年后互联网世界便出现了一位年轻有为的企业家，他的 AI（人工智能）公司市值数百亿美元，一时风光无限。此外他还拥有极其帅气的外表和特立独行的个性，经常说一些别人听不懂的话，做一些别人看不惯的事，这在外国人看来反而充满了某种独特的人格魅力，甚至有权威媒体将他誉为特斯拉老板埃隆·马斯克的接班人，列入未来影响全球经济的百大风云人物。

没错，他就是我曾经的小伙伴崇礼。再次见到他是在电视上，他创办的公司在纽交所上市，面对着全球媒体，他侃侃而谈，是那样成熟，甚至风度翩翩，哪里还有一丝青涩的模样，只是偶尔眼角眉梢的一个小表情还保留着当年的痕迹，却也只有极其熟悉他的故人才会懂。

有时候我也会想，如果那天我答应了他，他也为我留下，会是怎样。

我俩的人生应该都会发生彻底的改变吧。

可是我并不遗憾，并且，一点都不后悔。

人生没有白走的路，相信内心的选择，就是最好的安排。

8

那天告别崇礼，我收拾起感伤，飞也似的跑向奶茶店。

我迫不及待地想告诉鹿安，我已经勇敢面对且解决了自己惹下的麻烦，从此我可以心无旁骛去爱他，守护着他，尽情享受着他对我的宠爱，不会有一点点的不安。

我真的是太高兴了，以致推开门后丝毫没发现正在打电话的鹿安似乎遇到了某个大麻烦。

"我来啦！"我一把从后面抱住他，开心地大声说，"哈哈，吓你一跳吧。"

他没有像往常那样热烈地回应我，只是对我点了点头，然后换了个位置继续打电话。

我这才意识到气氛和平时有些不一样，很乖地不打扰他，坐到一边静静观察。

他眉头紧锁，说得不多，不时地"嗯"几声，应该是在听对方汇报着什么——从他的语气来判断，显然不是什么好事。

我心一沉，等他挂完电话赶紧上前小心翼翼地问："怎么了？"

鹿安收起倦容，对我微笑："没事。"

"是甄帅吧？"

"嗯。"

"一定很棘手，否则他可以过来当面说的。"

"确实有点急，七七，你还挺机灵的嘛！"鹿安显然是怕我太担心，强作轻松状，"真不像你的人设哦。"

"喊，就你小看我，"我上前双手勾着他的脖子，撒娇，"到底发生什么了嘛，快告诉我。"

“真没什么事，”鹿安低头在我额头亲吻了一口，“放心吧，我们能够搞定的。”

“嗯，相信你，那我不问了，”我重重点头，提高语调，“对啦，我的事都处理好了，你想不想听呢？”

“想啊！不过我现在还要再打几个电话，你先到里面玩会儿游戏，好吗？”

“不好！”我噘嘴，摇头，跺脚。

“乖，我忙好了立即去找你，”鹿安又亲了我一口，“真的有点儿急。”

“那你还说没事？”我飞他一个白眼，“好了，逗你的啦，你先打吧，不要管我。”

说完，我赶紧去后院，只是哪里还有心思玩游戏，而是趴在门口竖着耳朵听。

鹿安很快又打起了电话，这次好像是在开一个电话会议，他的语气较之前激昂了许多，从他断断续续的话语来判断似乎正部署着什么抓捕行动。认识他这么久，好像还是头一回见他如此严肃，甚至，紧张呢。究竟发生了什么让他如临大敌？我的心里全是疑惑，可又不敢过去打扰他，只能静静地听着，耐心地候着。

大概过了半个多小时鹿安才完事，我赶紧坐到电脑前，装作很认真地在玩游戏。鹿安走到我身后，俯身轻轻搂住我，下巴温柔地压着我的头。

"乖宝宝，是不是等得不耐烦了？"

"怎么会！"我一边操控着游戏一边装作不经意地问，"事情解决啦？"

"应该没什么大问题。"

"那就好，"我转身，将脸贴在他的腰部，小声问，"你是不是要去和别人打架了？"

"没有啊，"鹿安矢口否认，"为什么要这么问？"

"你不要骗我，我都听到了，"我抬头，认真说，"你答应我，不要打架好不好？我很担心你的，你现在不是一个人了。"

鹿安蹲了下来，揉揉我的头发："放心吧，就算你不说，我也不会轻易再动手的，除非……"

"除非为了保护我，是不是？"

"嗯，"鹿安很认真地点头，"我想我现在已经可以做到坦然接受别人对我的任何伤害，但绝对不能允许有人伤害到你。"

他的话让我又感动又心疼，我的手顺着他身体向上游走，最后轻轻抚摸着他的脸，试图以这样的动作，给他些许的慰藉："你真傻，干吗要让别人伤害你呢，这样活着多累啊！"

"确实挺累的！"我分明看到鹿安无奈的苦笑，"可是又有什么办法呢？现在有几个人活着觉得不累的？"

坦白地说，我对鹿安拥有如此深沉甚至略丧的人生感悟其实一点都不惊讶，但我很意外他会直接对我说出来，事实上，重新回到他身边后的这些天，我可以明显感受到他身上的那些远超同龄人的压力，可是我不知道这些压力究竟来自何方，我只知道他活得很累，在他的肩上仿佛有一副看不见的重担，将他压得喘不过气来。我也曾努力想和他交流，试图为他分忧，可是每次都被他轻松地将话题岔开，我知道他不想让我担心，只想让我享受简单纯粹的恋爱。可现在他竟然没有回避，只能说明他今天遇到的事真的很棘手且特别，才会让他如此动容，甚至感伤。

再坚强的人也会有脆弱的时刻，再强大的人也需要被关心甚至保护，很显然，此刻正是和他交心的绝佳机会，作为深爱他的我，自然不会错过。

我决定开门见山，直接将我最大的疑惑和盘托出——

"其实，你现在过着自己并不喜欢的生活，对不对？"

"为什么要这样说？"谢天谢地，这次鹿安果然没有回避，更没有否认。

"你先回答我，是，或不是？"

"是，也不是。"鹿安松开我，走到窗前，斜靠在窗棂上，点燃一根烟。午后温暖的阳光斜斜地打在他的身上，烟雾缭绕间，他的脸庞竟然多出了一分庄严感。

"七七，如果你不在我身边，我会毫不犹豫地肯定回答。可现在有了你，我就仿佛拥有了全世界，我已经很满足了，人，真的不能要求太多的。"

"我明白，也相信你说的话，可你现在的人生不只有爱情，还有亲情、友情，"我顿了顿，一字一字认真地说，"特别是友情，我知道在你心中其实把兄弟看得特别特别重要，甚至比我还重要。"

鹿安喃喃："没有他们，就没有现在的我。"

"所以即使他们现在都成了你的负担，你想到的也不是摆脱，而是承担，对不对？"

鹿安眼神一凛："七七，你到底想说什么？"

"他人即地狱，你懂的。"

鹿安没说话，只是静静看着我，似乎正在等着我继续说。

"鹿安，你是一个特别重情重义并且有担当的人，这也是你身上特别有魅力、特别吸引人的地方，可是成也萧何败也萧何，这份重情重义迟早会成为你的负担，让你痛苦不堪却又无能为力。"

"会又怎样呢？"鹿安语气变得有点儿激动，"他们需要我，我也必须对他们负责。"

"还是那句话，我明白，也相信你。可是，你的兄弟们会体谅你的良苦用心吗？他们又会坦然接受你给他们设计的人生之路吗？不见得吧。"

"他们迟早会明白的。因为我是为了他们好，"鹿安振振有词，"暴力解决不了任何问题，只会让我们的生活积重难返，所以我们必须做出改变，重新选择一个和这个社会更合适的连接方式，这是我们唯一的出路。"

　　鹿安的反应印证了我的猜想，我赶紧继续问："所以说，当初你突然退隐江湖，躲起来开了这家奶茶店是因为他们，后来重出江湖，愿意继续当他们的大哥，其实也是因为他们，对不对？"

　　"三年前，当愤怒和仇恨占据了我的灵魂，我不顾一切地将一把锋利无比的匕首扎进了那个人的小腹后，我的人生就已经告一段落，过去那个充满戾气、暴力的危险分子留在了原地，重新出发的我则宛若新生，那些草莓对我说过的话、讲过的道理，仿佛突然生了根，全都活了过来。我终于明白仇恨其实于事无补，暴力更不可能解决问题，所以我决定退出江湖，从此安心做个小人物，哪怕我的兄弟们会失望，甚至迁怒我，怨恨我，也在所不惜。

　　"可等离开后我才意识到这根本不是解决之道，而是一种无能的逃避。我不在江湖，江湖却始终在那里，所有的是非、戕害、尔虞我诈也都还在。我远离了恩怨，可很快会产生新的恩怨，我放下了屠刀，但杀戮并没有减少，这个城市变得越来越糟糕，这个城市的年轻人也变得越来越糟糕，而这些并不能说都和我无关。

　　"我在这里苟且着与世无争，却要每天看着兄弟们为了所谓的地盘和面子打打杀杀，死伤了那么多人，最后其实什么都得不到，白白浪费了自己的青春甚至人生，我会有很强烈的负罪感，会觉得是我耽误了他们。如果当初我不逃避，他们应该还有机会重新选择，我越逃避，身上的罪就越重，可是我又没有勇气再回去，就这样进退不得，痛不欲生，这种矛盾煎熬的生活直到你来到我身边才算彻底终结。如果没有你，我就不会拥有新的幸福，对生活重燃希望；如果没有你，我可能到现在都还在忍、还在躲，根本走不出那关键的一步。"

我若有所思："你是说，因为我被人欺负了，重新点燃了你的斗志？"

"是的，你的出现让我再次强烈产生了想去保护一个人的欲望。我是那么心疼你，希望你永远都能快乐幸福地成长，当你突然被人用暴力侵害后我突然意识到再一味逃避不但于事无补，还会让自己心爱的人受伤，我不能原谅如此不作为的自己，那是对爱最大的亵渎，我必须以暴易暴，只要心存正义。我也终于明白，如果我真的可以成为草莓希望的那种有担当、有作为的正义力量，我要做的绝不是逃避，不是独善其身，而是迎难而上，用勇气和正气去建立新的规则，改变现在混乱的一切，这才是我当下最需要做的事。"

"建立新规则？"我眼前一亮，"你是不是想到了什么破局的方式？"

"大方向当然已经很明确，那就是我们必须脱离原来的社会身份和谋生手段，重新选择一份正经且体面的营生，通过自己的劳作获得生存资料和空间，"鹿安沉吟，"至于具体做什么以及怎么做，我还在思考和布局，还是那句话，我会对他们负责的。"

我倒吸了口凉气："那我能不能这样理解，你选择回到你创建的团队其实是为了解散这个团队。"

"可以这么说，这是我的使命，我必须做到。"

"好，那你和你兄弟们说了吗？"

"还没有正式公开，只是小范围内沟通过几次。"

"那他们听了都什么反应呢？"我自问自答，"应该不太能接受吧。"

"每个人都有自己对生活的理解和认知，每个人也都有自己的人生轨道，突然要被动离开这个轨道肯定很难，"鹿安缓缓点头，"就像我，如果我没有遇到草莓，如果我没有因为滥用暴力伤害了别人并且受到了惩罚，我也不会明白这些道理的，可正是因为我经历过，才不希望兄弟们重蹈覆辙，很多教训不一定非要出事了才明白，到那时候就晚了。"

"你说得都对，你也确实是好心，可是，真的太难了，"我凝视着鹿安，一字一字地说，"其实他们不接受还不只是惯性的问题，而是缘于骨子里的恐惧和贪婪。你真正要挑战的不是别的，而是人性。"

鹿安的眼睛再次亮了起来："为什么这么说？"

"人性的本质应该是自私和贪婪吧。我虽然不太了解你的兄弟们，但我觉得他们之所以出来混社会，靠拳头讨生活，并不是真的走投无路，更多还是好逸恶劳吧，觉得这样来钱快，还省事，在外面别人会害怕，也挺有面子的。可能我这话说得有点儿重了，但没什么坏心，你别介意哈。"

"没事，你继续说。"

"我觉得每个人都有自己的舒适区，也会对自我身份进行认同，对于陌生的领域和身份，本能都会心生恐惧和拒绝。因此你现在突然告诉他们所有的一切都是错的，要大家告别过去，换一种更正常却也辛苦的方式去生活，这势必会引起他们的反感和抵触，真的实在太难了。"

"你说得很好，可只要这件事是对的，我就一定要做下去，哪怕被误会，受委屈，甚至为此付出更大的代价，也在所不惜。"

"那你有没有想过，即使你付出代价了却也做不到呢？"

"想过，如果我做不到，或许我会被黑暗吞噬，或许我会重新成为黑暗本身。我不怕更不在乎，我只知道我这样做草莓一定会支持我，你也一定会支持我，每个人生来都有自己的人生要义和责任，我说了，这已经是我的使命，所以我没得选择，也绝不会再放弃。"

"嗯，我相信你，也会支持你，就算有一天你真的被黑暗重新吞噬，变成了大魔头，我也会把你拉回来的，"我重重地点头，"放心吧，有我，你坏不到哪儿去。"

"七七，谢谢你！"鹿安拉着我的手紧了紧，嘴角露出笑容，"真好啊！"

"好？"我疑惑地看着他，"怎么突然又好了呢？"

鹿安将我的手放在他的掌心里摩挲着："好就在你身上，好就在你刚才说的这番话。七七，我们认识这么久，总觉得有很多共同的点，更是有聊不完的话题，当然，还有缘分，从我第一眼看到你，就觉得很亲切，仿佛种在了心头，然后长在了体内，从此经久不忘。可是我也会担心，会不会有一天我们所有的默契都用完，变得你不懂我，我不懂你，那该怎么办？可是刚才我突然意识到，我的担心根本是多余的，你比我想象中要睿智，虽然平时很傻很糊涂，但其实那也是一种大觉悟，所以每当你在我身边时我会觉得心安，那不只是因为我爱你，还因为你懂我，让我不彷徨，不迷惑，可以直面内心的想法和倔强。亲爱的七七，你说，得一人知己是你，爱人也是你，是不是极好？"

我微笑不语，只是深情地望着他，感觉此时此刻，我们的感情又精进了一层，来到了新的境界。

"七七，我们永远都不要再分开，好不好？"这几乎是我能从鹿安那里听到过的最浪漫的情话，我不假思索地点头，只是心中又闪过一丝感伤，是啊，只要在一起了，那就有分开的可能，我和鹿安此刻如此深爱着对方，可真的就能够地久天长吗？

我突然想起了什么，赶紧问："对了，你还没告诉我刚才究竟发生了什么事，让你如此严阵以待。"

鹿安沉吟了片刻，轻轻摇头："不是事，是人。"

我皱了皱眉头："什么人？他很可怕吗？"

"嗯，他的确是我迄今遭遇过最可怕的一个对手。"

我脱口而出："余阮？"

"没错，余阮，一个我只知道他叫什么，其他几乎一无所知的人，"鹿安语气变得沉重，"可是我的情况，他仿佛一切尽在掌握。"

"这个人确实很可怕，难怪之前他和卢一获谈了那么久，而我作为卢一获最好的闺密却从来没有见过。本来我还以为是卢一获不愿意和我分享呢，现在看来应该都是这个家伙故意的，卢一荻早就被他玩弄于股掌之间，"我心底泛起一丝丝寒意，"你还没说余阮怎么了。"

"他今天突然出现了。"

"你们不一直在抓他吗？"

"是，余阮不但行事诡异，而且足够老谋深算，上次那件事后我们一直在找这个人，可是始终徒劳无功，他就像人间蒸发了一样，不管我们用什么办法，都没有他的半点消息。很多人都说他肯定逃走了，还有人说他已经死了，但我坚信他还留在这里，甚至就在我们身边，在他的心中一定酝酿了一个特别暗黑可怕的计划，正在悄悄实施着，可我们对此一无所知，只是本能地感觉到危险越来越逼近，"鹿安捏紧了拳头，目光如炬，"其实我本来有一次绝好的机会可以抓住他，可我犹豫了。"

我尖叫："你是说那天下午……"

"没错，那次是我和他距离最近的一次，我们之间短兵相接，本该有一场硬战，我知道他躲在窗台上，就在窗帘后面，我也知道他走投无路肯定会想着和我同归于尽，而我也做好了应对准备。"

"可是因为我突然出现了，你怕连累到我所以才放弃是不是？"

鹿安看着我，目光立即变得柔软起来："这个人真的特别危险，而且手段极其卑劣歹毒，如果你不在，我还有信心全身而退，可是你在，我不能冒这个险，所以只能放弃这个绝佳甚至唯一的机会。"

"可是你这样做等于告诉他我是你的软肋了，他这么狡猾，一定会通过伤害我来要挟你的，"我突然什么都明白了，情不自禁叫了起来，"所以你才故意不要我的对不对？难怪甄帅说你这样做是为我好，天哪！原来这一切都是真的。"

"要想让这么疯狂的人停止对你的伤害只有一个办法，那就是让所有人都知道，我们已经不在一起了，"鹿安再次将我拥抱，款款深情地说，"我真的没得选择，当年因为我的自负和自私，我不但永远失去了草莓，还将她害成现在这副模样。我不可以再失去你，否则我会死掉的。"

"你不要说了，我都明白了。难怪刚分手那几天我总感觉有人跟踪我，我还以为是你呢。"我突然觉得浑身的鸡皮疙瘩都起来了，"原来是那个人，真的太可怕了。"

"七七，对不起，还是让你受到了惊吓。"

"我没事，后来就慢慢感觉不到有人跟踪我了，应该是他知道我和你已经分手了，我对他已经没有什么价值了，"我越想越后怕，声音都颤抖起来，"还好你提前防备，否则我现在恐怕都已经……"

"乖，别怕，都过去了，"鹿安柔声安慰，"我说了，有我在，不会让任何人伤害到你的。"

我连连点头："我当然相信你，只是现在我们又和好了，你就不怕他故技重施吗？"

"怕，可我更怕没有你的日子。就像刚才说的那样，我不能因为害怕而一味逃避，那只是无能的表现，并且于事无补，我应该迎难而上，亲手解决这个麻烦。"

"嗯嗯，既然他已经现身，你们想找到他应该不是什么难事了。"

"表面上来看确实如此，可问题也在这里，你想他这么久都没有露出任何破绽，为什么今天会如此大意让我们获得他的行踪？"

"你是怀疑……"

"甄帅他们现在都很兴奋，为了怕他逃走，已经召集了所有兄弟一起出动，可我担心这是一场阴谋，"鹿安眉头紧皱，"余阮很可能是故意现身，他的目的就是为了能够让我们抓到他。"

"你的推测不无道理，可是这个结果怎么也说不通，余阮不是不知道你们有多憎恶他，也很清楚落到你们手中会是什么下场，他没有必要冒这个险的，关键是他这样做又能获得什么呢？除非对他而言要做一件很重要的事，而做这件事的前提就是被你们抓住，"我边说边摇头，"还是不太可能，说不定他只是躲不下去了而已。"

"嗯，既然我们都想不通那就先别想了，不管他是不是故意的，只要他出现了都是好事，而无论他葫芦里到底卖的是什么药，我都会兵来将挡水来土掩，以不变应万变，"鹿安若有所思，"上帝欲使其灭亡，必先使其疯狂，打败一个人的其实不是他人，而是自己的欲望。"

看着鹿安一副笃定的表情，我刚想问个究竟，他的手机突然响了起来，接着便传来甄帅急切却难掩兴奋之意的声音："大哥，我们抓到余阮啦，你快过来。"

9

　　挂了电话，我和鹿安立即赶向甄帅说的地点：一处位于江边的废弃广场。那里曾经因被选为新区政府办公所在地而备受关注，相关配套设施纷纷上马，周边房价连翻数倍，一片繁荣景象，后又因区政府移址别处导致一落千丈，除了大片烂尾楼，再无其他特色，现在更是长满野草，人迹罕至，宛如坟场。

　　广场中央，甄帅带领众人已将余阮围得水泄不通，然后等候鹿安到来主持大局。

　　这样的场合我是第二次经历，和上次在仓库里的情形不同之处在于，这次现场的一百多号人除了余阮外，其他全都是鹿安的弟兄，且每个人都装备齐全，如临大敌，而正中间的余阮不但是孤家寡人，还没有携带任何武器，两相比较，充满了一种很吊诡的感觉。

　　更诡异的是，余阮明明置身险境，却没有一丝狼狈，更毫无惧意，就特别随意地、松松垮垮地站在众人的包围圈里。他极瘦，头发凌乱，衣服破旧，可是他眼神清澈，神情更是平和，嘴角则流露出一种坏坏的笑容，仿佛他面对的根本不是四伏杀机，而是一桌丰盛的菜肴。

　　这是我第一次仔细看清楚此人，我突然有点儿明白为什么卢一获会那么爱他，甚至超过了爱自己的尊严，他的身上的确有一种很特别的魅力，即便我已经知道他是一个很危险的家伙，却也还是会轻而易举感受到他的与众不同——桀骜不驯，异于众人，邪恶却诱惑。

　　甄帅就站在他面前，额头青筋暴起，咬牙切齿地喘着粗气，他简直恨透了眼前这个人，如果可以，他会毫不犹豫将手中的匕首插进余阮的身体，非如此不能泄心头之恨。可是他始终没有出手，不是不敢，而是不能，他在等鹿安，他的大哥，也是现场所有兄弟的大哥。此刻早已不是他和余阮两个人之间的恩怨，而是两股势力，甚至两种价值观之间的冲突——这些都是鹿安说的，他听不懂也不想听，但他还是选择了服从，他很清楚作为他们的领袖，此刻只有鹿安可以开启这场战斗，他只等鹿安一声令下，便会奋不顾身地上前，手刃敌人。

鹿安终于到了，他下车，人群自动散开，慢慢向前走，很快来到正中间，而甄帅则自动退到一边。

现在，鹿安和余阮，他俩一白一黑，一善一恶，一明一暗，终于面对面站到了一起，四目相对，喧嚣的人群瞬间变得鸦雀无声，就连时空也仿佛凝滞。

鹿安表情始终很平静，平静得根本不像在面对自己最可怕的对手，从他脸上你根本看不出任何情绪。而余阮则从头到尾都没有换过那副吊儿郎当的神色，他轻松极了，甚至主动开口打起了招呼，热情得像看到了一个好久不见的老朋友。

"你好啊，鹿安，终于又见到你啦！"

鹿安没应答，他的眼神始终平静地停留在对方的脸上。

"哎！你干吗一直这样看着我？搞得人家都不好意思了。"余阮说得如此荒诞，可表情却没有一丝不自然，也不知道他是演技太好，还是天生犯贱。

鹿安终于开口了，他若有所思地缓缓说："你就是余阮。"

"没错，我就是余阮，余阮就是我。你肯定是第一次见到我吧，而我见过你至少有一百次了，信不信？"

"我信。"鹿安回答得很真诚。

"哈，看我对你多好，一直悄悄关心着你，以后你也得对我好一些，听到没？"

"可以。"

"说定咯，谁反悔谁就是王八蛋。"余阮突然出其不意地握拳直挺挺地伸向鹿安的胸前。

众人顿时一阵耸动，以为余阮搞突然袭击，一边的甄帅更是惊呼："大哥，小心！"

鹿安却丝毫不以为意，甚至连眼皮都没有眨动，淡然地看着余阮的拳头停在自己胸前，然后慢慢也伸出拳头。

于是，这两个人的拳头在空中轻轻碰了一下，算是完成了充满仪式感的约定。

只是他俩的这一举动让现场其他所有人都大跌眼镜，这一幕，真心没人能够看得懂。

"太好啦，想不到我余阮这辈子竟然也有朋友咯，而且还是大名鼎鼎的鹿安，你说我是应该高兴呢还是悲哀？"

余阮的口气越来越邪性了，配上他那浮夸的表情后让我不由自主地想起了《蝙蝠侠：黑暗骑士》里的小丑，真的，余阮太像那小丑了，看上去很滑稽，却又让你心生恐惧，你根本不知道他的脑子里到底装着多少可怕的念头，更不知道他会在什么时候对你突然发动致命一击。

只是鹿安这次没有再接着他的话，而是问："余阮，你为什么要突然主动现身？"

此言一出，四座哗然，大家面面相觑，显然对鹿安的话深感意外，特别是甄帅，立即摆出了一副难以置信的黑人脸——他费了九牛二虎之力跟踪了余阮好几个小时，才在这里堵住他，怎么没了自己的功劳？

"哟，这话说的，你怎么知道是我主动的呢？"余阮皮笑肉不笑地抬了抬眉，"你让你那么多兄弟没日没夜地抓我，为什么不是你们终于得逞了呢？"

鹿安轻轻摇摇头："不，你不出来，我们抓不到你。"

"不愧是当大哥的，说的是人话，我喜欢。"余阮笑了，眯着眼看向一边的甄帅，开始冷嘲热讽起来，"哪像你这个傻大个，成天牛哄哄的，其实没什么用，你还真以为是你找到的我？可笑，如果老子不主动给你那么多提示，你这辈子都别想见到我。就你这智商，难怪只能当个小弟，一辈子没出息。"

"余阮，我干死你！"甄帅犹如被点燃的炮仗，再也无法自持，咆哮着挥舞起匕首扑上前去。

他的速度很快，又是如此出其不意，眼见锋利的匕首就要割开余阮的头颅，酿成血案。

"不要啊！"我情不自禁叫出了声。我当然是替甄帅担心了，如果他真伤到了余阮，自己也难免牢狱之灾，这辈子就完了。

很显然，余阮就是要激怒他，而他轻而易举就上钩了。

我多么希望鹿安能够阻止住甄帅，现在或许只有他能够挡住甄帅这致命的一击，阻止悲剧的发生。

可是鹿安根本没有出手，他依然无比平静地看着眼前的余阮。

余阮也一直没有动，甚至连脸上那种轻浮的表情都没有任何改变，好像迎面而来的不是可怕的利刃，而是迷人的赞美。

时间仿佛凝滞，甄帅手中的匕首距离余阮的脸越来越近，越来越近……

就在几乎所有人都认为余阮肯定无法避让之际，余阮开始动了，他的头在匕首尖刃和自己的脸无限接近时轻轻往后一仰，姿势轻盈，然后匕首便从他头顶滑过，空中飘落几缕头发，仅此而已。

现场再次哗然，所有人都被余阮的身手震慑住了，虽然他的动作极其简单，简单到像什么也没发生一样，但每个人都心知肚明这到底意味着什么，余阮的身手、胆识、经验、心态，以及反应速度，都在轻描淡写间彰显无遗，令人生畏。他和甄帅的战斗力也高下立判——甄帅根本不是他的对手，两个人的实力相差太远太远。

一击落空，甄帅当然不会善罢甘休，他调整重心后试图二次进攻，却被鹿安呵斥住："甄帅，冷静点。"

甄帅已经出离愤怒："大哥，这浑蛋三番五次羞辱我，我必须干死他。"

鹿安没再说话，只是看了他一眼，眼神不怒自威。

"可恶！"甄帅愤愤骂了一句，无奈扭头退到一边。

"怎么尿啦？刚才不挺牛的吗？鹿安啊鹿安，我说你这个大哥怎么当的？我睡你兄弟的女朋友你还不让人家和我算账，这就是你的不对了。咱俩现在是好朋友了，你跟我说实话，你是不是压根就不关心他们，你从来就只想自个儿爽，是不是？"余阮突然将火力对准鹿安，各种冷嘲热讽起来，"我说你这人可真够自私的，不，关键还特别虚伪，你承不承认，所有对你真心真意的兄弟在你眼中不过都是棋子，是用来满足你私欲的炮灰！"

只是面对如此赤裸裸的挑衅，鹿安不但没有愤怒，反而突然笑了起来，这是他过来后表情第一次有所改变。

"很好！"鹿安收起笑容，目光如刀，紧紧盯着余阮说，"我终于知道你究竟想要干什么了。"

鹿安此言一出，我浑身打了一个激灵，联系起下午和他探讨的那些事以及余阮刚才突然的发难，我似乎也想明白了余阮蹊跷现身的目的——根本不是什么躲不下去了，更不是要和鹿安决斗，而是要当着鹿安和他所有兄弟的面进行煽动和蛊惑，离间他们的关系。

杀人诛心，余阮选择了最难却也是最狠的一招。而他之所以敢这么做，一定是已经洞悉了鹿安和他兄弟间存在的不可调和的矛盾，正所谓置之死地而后生，这对他而言显然是最好甚至是唯一反败为胜的机会。

　　这个余阮在黑暗中蛰伏了这么久，一出手便如此稳准狠，难怪鹿安会视他为最可怕的敌人。只是我都能想到这些，鹿安不可能不明白，可他为什么不立即阻止余阮？为什么还要听任他对自己进行抹黑中伤，甚至还会觉得"很好"呢？

　　我怎么也估摸不透此刻鹿安的内心，我只知道余阮绝不会放过这个千载难逢的良机，事实上，刚才他那一席话已经成功引起了现场所有鹿安弟兄的好奇，大家的眼神中不再只是愤怒，更开始弥漫起疑惑，此情此景显然是余阮最希望看到的，于他而言，最为重要的时刻终于到来，只见他瞬间收拾起嬉皮笑脸，昂首挺胸，神情庄严，像一个正义凛然的领袖，开始了激情澎湃的演讲——

　　"没错，这次的确是我主动出来的，我为什么要冒着生命危险这样做？为什么宁可被你们活活打死也要站到你们的面前？因为我有话想对你们说，我就想当着道上所有兄弟的面说一句：他，鹿安，不配做我们的朋友，更不配当我们的大哥，因为他心里根本就没有大家，他想的全是他自己。在他眼中，我们不过是棋子，是炮灰，是成全他一己私利的工具。

　　"你们可能会觉得我在诬陷他，不，我没有，你们想想当初我们为什么要选他当我们的大哥，为什么要跟着他闯荡江湖？不就是希望他能够带领我们过上更好的生活吗？不就是希望可以大口喝酒，大块吃肉，快意人生吗？可结果呢？你们可以好好算一算，自从跟了他后到底有没有赚到更多的钱，生活条件究竟有没有发生好的改变，人生地位有没有变得更高，未来有没有充满希望。我不知道你们究竟有没有想过这些，如果没有，现在我来告诉你们答案，那就是：没有。这些本该属于你们的结果统统没有达到，甚至，你们变得越来越拘谨，越来越窝囊，越来越不自由，也越来越被道上的弟兄们瞧不起，而所有的这一切都是拜你们的好大哥鹿安所赐，是他，故意操纵了这一切。

"他为什么要这样做，为什么看不得我们好？原因其实很简单，因为本质上他和我们就不是一个世界的人。弟兄们，我们都是来自社会的最底层，我们打小都受过很多的苦难和伤害。被人欺负，被人看扁，没有尊严，看不到希望，成天像只老鼠一样穿行在这个社会的罅隙，人人喊打，这就是我们的生活。而他呢？他是个富二代，他从小到大什么都不缺，他家有的是钱，他的人生什么都不用操心。可他这些钱是从哪里来的？是上天给他的呢，还是地上长出来的？不，其实就是从我们身上掠夺的。他们这些有钱人才是造成我们贫穷的罪魁祸首。因此，他不但和我们不是同一个阶层、同一个世界的人，而且还是我们的对立面，是我们的敌人。你说我们的敌人能真心对我们好吗？当然不可能，不但不可能，他反而会想尽办法阻止我们得到幸福，得到财富，过上我们想要的生活。因为只有阻止了我们，才能维护他的财富和地位。这就是真相，你们都想过没有？"

……

天知道余阮为了准备这些荒唐的说辞花费了多少精力和时间，不得不承认他口才真的极好，现场的煽动力更是不可小觑，如果说一开始绝大多数人还只是好奇余阮究竟会说些什么，等听到这里时却已经多少被他蛊惑，这点从大家看余阮的眼神可以明显发现。而鹿安明明遭受着巨大的诬陷和攻击，却始终一言不发，不但没有生气，甚至连阻止的意思都没有，仿佛置身事外，一切都和他无关。倒是甄帅数次按捺不住想打断余阮，却每次都被鹿安制止。

"大哥，你到底在想什么啊？快别让这浑蛋信口雌黄了，干死他。"

"让他说完。"鹿安的声音冷冰冰的，却充满了不容置疑的态度，甄帅只能作罢，气得跑到最外面，捂起了耳朵。

余阮冷笑，根本不理会甄帅，稍加停顿后继续大声地煽动："弟兄们，人人生而平等，没人天生就该活得卑贱，就像没人天生就该坐享荣华富贵。只要我们不认命，只要我们敢于反抗，我们的人生就充满希望。是，我们可以出身不好，可以没有钱没有地位，但绝不能没有骨气没有血性，别人把我们的东西抢走，我们就要抢回来，而不是被豢养，浑浑噩噩，度过余生。这，才应该是我们的人生的正确打开方式。"

余阮突然伸出手指向鹿安，咬牙切齿："可是这个人他不许我们这样做，他每天都用各种大道理给我们洗脑，还给我们定了那么多不公平的规矩，他让我们不要打、不要闹、不要暴力解决问题，他不让我们通过拳头和热血去改变我们贫贱卑微的人生，他让我们忍，还让我们等，让我们相信社会、相信别人。开什么玩笑？这些都是谎言，是歪理邪说，他把我们当成什么了？我们读不好书，学不来正经营生，我们是流氓，是地痞，是土匪，是脑袋别在裤带上的主，拳头才是我们的语言，热血才是我们的人生，我们天生就是反抗者。

　　"兄弟们，今天我冒着生命危险站在这里，就是要揭开他虚伪的面目，告诉你们真相。你们值得拥有更好的人生，从现在开始，你们不要再被这个人蒙骗，你们要觉醒，要反抗，要靠自己的拳头和热血去打倒一切，推翻一切，改变这一切。"

　　随着近乎宣言般的呐喊，余阮终于结束了自己的讲演，人群再次骚动起来。此刻大家的眼神变得激烈，甚至充满了焦灼，彼此间更是开始窃窃私语，频频点头。很显然，他们中的很多人已经被余阮打动，形势也悄然开始反转。

　　我焦躁不安地看着鹿安，真期盼他能够立即为自己大声辩解，告诉弟兄们余阮说的根本不是真相，他其实一直都在考虑着大家的未来，只是他不想再继续那种刀口上舔血的生活，而是要换一种可持续的方式。这需要勇气，也需要智慧，更需要时间，请大家一定要相信他啊！

　　不行，我不能再忍，鹿安不说我来说，情况紧急，我必须有所作为。

　　就在我准备开口之际，我分明看到了鹿安制止我的眼神。我心一惊，已经涌到嘴边的话生生咽了回去。

　　鹿安的目光缓缓扫过四周，最后再次停留在余阮身上，他终于开口了，只是依然没有半分要自辩的意思，而是淡淡地问："说完了吗？"

　　"怎么，你想反驳吗？"余阮的气焰强了很多，身上的戾气更重了，"好啊，欢迎！"

鹿安轻轻摇头，语气平静却很坚定："不想。"

现场顿时发出一阵嘘声，随着鹿安的这句话，那些依然选择支持他的弟兄们的眼神瞬间变得黯然。

"你不是不想，而是不能，因为我说的都是真的，在我们面前，你就是一个坏人，更是一个罪人，人人得而诛之，"余阮冷笑，"鹿安，你现在一定很害怕吧？因为我撕开了你虚伪的面具。你一定还特别生气，因为从来没有人敢挑战你的权威。没关系，你可以打我，最好把我活活打死，这样就不会再有人像我一样反抗你，你就可以继续高枕无忧做你的大哥，玩弄所有人对你的真心真意。来吧，不要再伪装了，快动手吧，我不会还手的，你信不信？"

"不行，我受不了了！"甄帅再次咆哮着挥舞起拳头扑向余阮，"让你再胡说八道，我干死你！"

这一次，余阮没有闪躲，脸上结结实实挨了一记重拳，鲜血立即顺着他的鼻子涌了出来。

甄帅乘胜追击，冲上去用脚狠狠踹着余阮，余阮节节后退，最后踉跄倒地，果然从始至终都没有丝毫抵抗，很快他鼻青眼肿，满脸是血，却面含微笑，以肉身承受着甄帅的连环暴击，仿佛一心求死。

现场再次哗然，几乎所有人都被余阮的所作所为深深震撼：如果说刚才他的那些话还让人多少存疑，现在他的行为却让人心悦诚服，为了对大家讲出这些真话，他连自己的命都不要了，怎能不让人动容？就连我明明知道这不过是他的苦肉之计，却也不得不承认这个能说会道、城府极深，关键还心狠手辣的余阮实在太过可怕。

人群中突然冲出一个红色身影，不要命地撞向甄帅。甄帅被撞得一个趔趄，刚想还击，却愣住了。

"卢一荻！"我和甄帅同时叫了起来。

这个穿红衣服的女孩正是我曾经最好的朋友，甄帅痴爱着的，却始终深爱着余阮的卢一荻。

卢一荻根本没有理会我和甄帅，直接扑向余阮，紧紧抱着他哭着问："你为什么不还手？你怎么这么傻？"

"卢一荻，快让开，小心伤到你。"甄帅上前试图拉开她，卢一荻却用尽全力甩开他的手，然后像只母兽护犊子般对甄帅吼叫："别碰我，起开。"

甄帅再次因为卢一荻在兄弟们面前丢了面子，而且这次更直接，更打脸，要知道甄帅一直对外宣称卢一荻依然是自己的女朋友。只是他明明已经出离尴尬和愤怒，却依然强忍着怒火，挤出笑容，试图好言好语和卢一荻沟通，挽回最后的一丝颜面。

"快别闹了，有什么事我们回头再说，乖！"甄帅笑得简直比哭还难看，而眼神里已满是哀求。

"滚蛋，谁跟你回头再说，我和你有关系吗？"卢一荻紧紧搂着余阮，咬牙切齿，"你要是再敢动他一下，我做鬼都不放过你。"

"你……"甄帅高举起拳头，脸色一会儿白，一会儿红，喃喃自语，"你怎么可以对我这样？怎么可以？"

"我是他女朋友，我当然可以了，"卢一荻却毫无惧色，甚至对着他拳头仰起了脸，"有种你就打死我，来呀！"

所有的目光都注视在甄帅的脸上，作为团队里地位和威信仅在鹿安一人之下的存在，此刻显然是他人生最为煎熬的时刻，只可惜他天不怕地不怕连死都不怕，却还是没有办法对着自己深爱的女孩打出这一拳，在尊严和爱之间，他依然选择了后者——只见他高举的拳头重重砸向卢一荻身旁坚硬的地面，鲜血顿时染红了拳头。

余阮依偎着卢一荻，慢慢从地上爬了起来，然后满不在乎抹了一把嘴角的血，蹒跚走到鹿安面前，说："鹿安，现在我给你两个选择，要不你就亲手干死我，要么就当着所有兄弟的面发誓，你根本不配做我们的大哥，从今往后，你不得再干涉半分大家的自由。"

好了，余阮终于说出了他今天所言所行的最终目的，那就是用自己的命来换鹿安的地位。不得不说，这种极端方式也只有他这种亡命之徒才能够选择。

"大哥，干死他！"甄帅怒目圆睁，在一边嘶吼，"他已经把你逼到绝路了，你还犹豫什么啊。"

"干死他，干死他。"现场的弟兄们突然集体爆发出一致的呼喊，仿佛某种宣泄，更仿佛某种期待——只要鹿安能够出手，那他还是所有人的大哥，余阮刚才所有的攻心之术都会不攻自破。

可是，如果鹿安不出手呢？那么结果自然也会走向另外一个极端。

这是他们之间最后的信任，也是分道扬镳前唯一的和解良机，这个道理鹿安不可能不明白，所以他无法自拔地进入了两难的境地。

面对着百余双眼睛的凝视，鹿安痛苦地闭上了眼睛，仿佛在挣扎着做最后的抉择。

这就是当大哥的代价，这就是胸怀正义的成本，这世界从来没有无缘无故的恨，更没有无缘无故的爱，一切都是交换和绑架，以爱为名出发，以悲剧为注脚结束。

"干死他，干死他……"

鹿安缓缓睁开了双眼，手在空中轻轻挥了挥，现场顿时鸦雀无声。每个人的神态都无比紧张，就连余阮也屏气凝神，等待着鹿安的最终决定。

"我答应过一个人，不再滥用暴力，所以我不会和你动手，以后也不会，你走吧。"

鹿安话音一落，我分明看到所有人眼神里闪烁的期待之光彻底湮灭了，在他们的心中鹿安已经作出了最后的选择——他选择再次放弃了兄弟，还将他们推给了自己的对手。

"哈哈哈！"余阮突然狞笑了起来，"很好，鹿安不过是个孬种，你们都听好了，从今天开始，鹿安再也不配当你们的大哥。如果你们愿意，从今往后你们可以跟着我混，我很能打，我还不要命，我根本不受什么道德的约束，我只想着通过拳头去改变一切。从现在开始，我不会再躲藏，我会等着你们过来加入，跟着我你们每个人都会很自由，很开心，都会有钱花，有酒喝，有未来，让我们一起联手把所有失去的地盘抢回来，让所有瞧不起我们的人闻风丧胆。"

"大哥！你为什么要这样，为什么啊？"甄帅冲到鹿安面前，他的眼中除了愤怒，更多是悲哀，这个他决意一生追随的大哥突然让他无法理解和接受，此时此刻，他不知道自己应该怎么办才能阻止这一切，他只能红着眼，不停质问鹿安为什么。

而面对兄弟的哭诉，鹿安始终一言不发，甚至再次闭上了眼睛，很显然，他主意已决。

"要不，傻大个，你替你的孬种大哥出头，我们好好打一架怎么样？"说话间，余阮手中不知道什么时候多出了一把精致的蝴蝶刀。

"好，鹿安尿了，我可不怕你。"甄帅也拔出匕首，额头青筋暴起，看了眼卢一荻后，一步步逼向余阮，"卢一荻，请你不要再插手。今天我和他新仇旧恨一起了结。"

"放心，她不会拦着你送死的。不管如何，你比鹿安至少更像个男人。"只见余阮手轻轻一抖，那蝴蝶刀竟然活了过来一样在他手指间自由游走起来，"说起来，我有阵子没动刀了，今天就陪你玩玩，让你们开开眼界，知道什么叫玩儿刀。"

所有人都看傻了，这种以前最多在电影里出现过的手法竟然活灵活现出现在了眼前。

甄帅也愣住了，似乎正在犹豫要不要继续进攻。

"怎么了？怕啦？"余阮狞笑，"跪下来给我磕头叫声爷爷，我就饶了你。"

"怕你大爷，我和你拼了！"甄帅再次咆哮着扑向余阮。

"甄帅，住手！"鹿安再次出言制止，只是口气中更多是担心，可这一次甄帅却根本不予理会。他犹如一头发了疯的兽，只想着将余阮撕碎吞噬。

和前面一样，甄帅虽然动作很快，可根本挨不着余阮，而一开始余阮根本没有还击，只是不停避让，没过多久，甄帅的速度便越来越慢，显然已经体力不支。余阮这才轻舞手中的蝴蝶刀还击，只不过片刻，甄帅身上便有十几处染红，虽然没有一刀是致命的，但每一刀都见血见肉，分寸拿捏得恰到好处，更显余阮技术之老到娴熟。

随着最后一刀划过甄帅的脸庞，他终于无法再抵抗，轰然倒地。

"我输了。"甄帅面如土色，喃喃自语，他显然无法接受这个事实。

鹿安冲了过去，试图将甄帅搀扶起来，却被他一把推开。

"你别碰我，既然你选择了放弃我们，就不要再假惺惺地管我是死是活。"

"甄帅！"鹿安无法再淡定，他嘶吼了起来，"连你也不相信我吗？"

"你让我还怎么相信你？"甄帅突然泪如雨下，号啕大哭了起来，"我们能走到今天是多么不容易，想不到你真的一点都没走心，说放就能放，说忘就能忘。我太天真了，鹿安，你救过我，也伤了我，从今往后，大道朝天，我们各走一边，再不相欠，也不必再相见。"

说完，甄帅强忍着疼痛站了起来，独自一瘸一拐地离开了。

　　而余阮，则搂着卢一荻也随后离开，他们身后跟随着一些已经决意投奔的人。

　　现场很快只剩下我和鹿安两个人。

　　从头到尾，卢一荻都没正眼看我一眼，仿佛我们已经隶属于不同阵营，从此再见便是仇人。

SCENE

6

STRAWBERRY
草莓

卢一荻

第六幕

至暗时刻

人性最复杂，人性也简单。
余阮能够有今天，靠的就是对人性之恶的精准把握和利用。
我是那么希望他能如愿以偿，因为我爱他。
可这一次我又希望他的计划落空，那是我对人性之善的微弱向往，也是我内心深处的希望之光。

1

一个人的命运发生一百八十度的转变，需要多久？

余阮用他的亲身经历告诉我：只要半天就足够。

那天中午出发时，他依然是个一无所有的穷光蛋，黄昏归来后，却已是这个城市的新任江湖大哥。

是的，余阮竟然真的成功了。他那个脑洞大开，堪称置之死地而后生的计划得到了完美实现——和他预想的完全一样，当天中午甄帅在"意外"发现了他的行踪后，立即聚众对他进行围追堵截，且因为怕他逃脱，更是将所有兄弟全部喊了出来，一路跟着他来到了江边的废弃广场，这当然是余阮早就勘查好的地方，那里空间足够大，闲人还很少，非常适合他后续方案的实施。

同样和他的预想完全一致的是，在他以摧枯拉朽之势发表完大段煽动力十足的讲演，揭露了鹿安虚伪、自私、残忍的真面目后，现场一百多号鹿安弟兄的情绪已从最初的愤怒转变为犹疑，而在面对他最后的利益承诺时，绝大多数人都开始心动了，这点从他们的眼神可以清晰判断出。至此，余阮知道自己基本上大功告成，至少已立于不败之地，掌握了主动权。

天下熙熙皆为利来，天下攘攘皆为利往。在利益面前，所谓的情义和忠贞还能抵抗多久？这是余阮笃信不疑的价值观，也是他对人性最犀利的洞察，更是他自信的来源、他的安全感。

唯一多少出乎他意料的是，面对他的连续发难，鹿安竟完全忍受了下来，不但没反驳，甚至连句自辩都没有，而当他最后提出要鹿安主动放弃一切，且自己意欲取而代之时，鹿安仍然没有半点犹豫和反抗。感觉就好像余阮精心设计的一切正好也是鹿安希望看到的，他俩里应外合，精心上演了一出双簧……这实在太奇怪了。

余阮想不明白，也不打算想明白，反正结果已经确定且无法改变，何况从某种角度而言，鹿安的这种"非暴力不抵抗"的态度多少还成了他攻击鹿安观点的背书，而且两相对比，更是让兄弟们感受到了鹿安的薄情寡义以及他余阮的重情重义，从而直接推动了大家最终的倒戈。

"简直没有比这更完美的结局了！"余阮心想，"或许我太高估了他，我应该再放松一点，不过现在也已经很好了，我的表现至少能打90分，不，95分，我真是个天才。"

总之，余阮那天以孤身一人、兵不血刃挑战鹿安并大获全胜，赢得彻彻底底，赢得酣畅淋漓。从此，一战封神，而他的故事也被当作传奇，在街头巷尾的混混间口耳相传，且越传越离奇。

而我，作为这个传奇的见证者，在为他高兴之余又为我们愈发缥缈的未来陷入了深深忧虑。

我以为他重见天日之日就是我们真正重归于好之时，事实上，他之前给我的各种明示暗示都是如此。

结果却是，我再一次错了，当他不可一世地归来，我却明显感受到他对我的疏离，无论我如何努力，都无法靠近他的身体，至于我们感情和灵魂之间的距离，更是越来越远。

只是这一次我却不想立即逃离，我要继续留下来见证，我不知道未来究竟会发生些什么，我只知道：一切远未结束，一切才刚刚开始。

2

一切的确才刚刚开始。

正所谓欲戴皇冠，必承其重。余阮接下来的经历充分阐述了一个道理：老天如果想为难一个人，不见得是拿走你所有的财富，相反可以给你很多，多到你受不了，扛不住……欲壑难填，最终杀死你的不是别人，而是你自己。

你的自私，你的贪欲，你的自以为是，你的无能为力，一起完成你人生专属的荒谬。

3

无论如何，余阮都迎来了自己人生的巅峰时刻，从此不再是孤家寡人，手下小弟好几十人，出门前呼后拥，甚是威风，只是这些对他既是财富，更是负担。此前他给出了那么诱人的承诺，却无疑也给自己套上了沉重的枷锁，如果做不到，那么现在拥有的一切将会很快烟消云散，而他也会沦落成一个跳梁小丑，遭人唾弃——这点，他心知肚明，所以他必须在最快的时间内兑现承诺，带领弟兄们发财致富，压力之大，可想而知。还好，余阮并非只是嘴上超级能说，他的行动力同样有过人之处，以致在很短的时间内便让所有存疑的人心悦诚服，这些都得益于他独特的管理手段。

首先，他和鹿安观念就截然不同。鹿安崇尚去暴力，希望弟兄们能够走正道，然而大家的响应热情并不高，因为这些人好高骛远又眼高手低，不愿上学可留在家乡根本没有能力找到合适的工作，去机会更多的北上广深又觉得生存不了，总之骨子里都非常好逸恶劳，根本就不是吃苦耐劳的料。

余阮正好相反，他崇尚暴力，杀伐果断，还没有任何道德包袱，只要能赚钱，可以不择手段。余阮先是以暴利为饵，组织了一批亡命徒，通过几次硬碰硬的火拼将本属于他人的地盘生生抢了过来，从此光保护费一项收入就翻了好几番。此外他还放高利贷、催债逼债，只要来钱快，统统不拒绝。就这样，余阮的名号越来越响，投奔他的人也越来越多，对此余阮来者不拒，并设置了入会诚意金——任何想加入他社团的人都必须先交一笔会费——可以说，在赚钱的路上，余阮无所不用其极。

然而，余阮最为人所称道的还不只是会赚钱，他还将原本杂乱无序的团伙变为公司化运营，建立了一套缜密的流程和制度，通过层层控制，不但将所有利益紧紧攥在手中，还能逃避相关制裁。比如他明明是好几起暴力事件的幕后主谋，却总是可以在各种专项抓捕中全身而退。至于那些落网兄弟的死活，他根本不在乎。反正在利益面前，很快就会有人将空缺的位置填补，对他而言，那些年轻人的血肉和自由，不过是助他迈向前程的皑皑白骨。

4

在很多人眼中，余阮已经超级厉害了，可在余阮自己心中，他离目标还遥不可及。

甚至，他从来没有哪个时刻像现在一样对自己失望过。

究其原因，复杂又简单。首先就是他觉得来钱的速度实在太慢了。是，过去的短短一个多月，他赚了至少有一百万，如果换作他人，高兴还来不及呢，可他却很不满意，因为按照这个水平，他要赚到心中的目标，也就是一个亿，至少要十年，这还是理想状态下。问题是，他们做的都是违法乱纪的勾当，怎么可能过那么多年还没事？因此，他亟须突破，找到一个能在短时间内赚大钱的方式，然而这个方式究竟是什么，他还一无所知。

其次，他觉得自己太累了。以前虽然没钱，但穷开心，一人吃饱了全家不饿。现在当了大哥，每天打打杀杀，一睁眼全是烦心事，还有大大小小百十号人要养活，而且这些人一个个都不是省油的灯，虽然表面上很忠诚，但追随他其实都是为了利益，加上入会时给他塞了钱，肯定要从他这里得到更多才罢休。余阮很清楚，如果自己不能满足他们的欲望，迟早会被这群狼心狗肺的家伙吞噬，因此只能变本加厉去通过各种违法和暴力手段赚钱，表面风光，实则饮鸩止渴，终有一天会积重难返，自取灭亡。余阮对这个结果早已心知肚明，因此，如何在倾覆前赚到足够多的钱，然后全身而退，成了他日思夜想的问题，只是精明如他，机关算尽却也毫无头绪。

然而，以上两点还不是让他感到失败的主要原因，他最大的心病还是在鹿安身上——尽管他看上去终于过得比鹿安更为风光，但骨子里却依然深深自卑。因为他明白自己并没有真正战胜鹿安，更没有如愿以偿地成为"鹿安"。鹿安依然是他内心的魔障，他此生无法翻越的一座大山。

究其原因，他和鹿安之间的对抗更像是一场心灵上的战争，表面上的敌人是鹿安，实际上是他自己，他不堪的过往、可怜的自尊，以及卑微的出身，这些都如影随形，又怎能说放就能放，说忘就能忘。

事实就是如此，漫漫人生路，往往在我们出发时，便已注定落脚，我们拼命抵抗，却徒劳无功。

5

以上所有的分析当然不是我的主观臆断，而是通过我对他细致入微的观察和他亲口对我说的话分析得出。

说起来也可笑，如果说鹿安是余阮摆脱不了的梦魇，那我的梦魇绝对就是余阮。我们三个人，再加上甄帅、璐宛溪，还有那个神秘的草莓，形成了一个圈，你追我逐，却永远没有终点，更是不分胜负，命运的轮盘上，谁也无法全身而退。

对于余阮，我一如当年，根本不关心他能赚多少钱，更不在乎他拥有多高的地位，我只在意他会如何定义我们的关系。我也没有过高的要求，只是希望他能够给我一个名正言顺的身份，让所有人知道我是他余阮的女朋友就足够。可这个再本分不过的念头也成了奢求，余阮拒绝了我，理由不是不爱我，而是因为操劳社团事务太忙，实在顾不上儿女情长，他希望我能够继续站在他的背后，等待他真正功成名就，反正我还年轻，到时候再好好恋爱也不迟。

尽管我很清楚这些不过是他随口一说的谎言，对此我虽然很痛苦却也只能接受，因为这不是一道选择题，我也没有任何选择的权利，要么走，要么留。我一定会走，但不是此刻，我说了，我还要见证，还要记录，这已经成了我的责任，所以我只能就范，继续留在阳光照不到的地方，做他感情上的影子。

余阮有了钱，也无须再躲藏，当然不可能再和我生活在狭小简陋的出租房，他很快搬进了市中心的一套高档别墅，那里堪称这个城市的上流社会，住户非富即贵，仿佛连灵魂都散发出高贵的气息。我有充分的理由相信余阮一定对那里心仪已久，我俩刚认识的那会儿他就经常有意无意带我到那里转转，只是此前一直引而不发，待到出手后就必须拥有。事实上，我愈发明白了他的行事风格，那就是人生的每一步都经过缜密计算，我还在关心眼前的卿卿我我，他却已经开始考虑两三年后的事情，要什么，不要什么，怎么获得，如何放弃，通通了然于胸，或许这才是他最为可怕之处。

余阮倒也提出过让我一同搬过去，我毫不犹豫地拒绝了，名不正言不顺，既然他都不愿意承认我，我还死乞白赖硬贴上去算什么意思？这已经是我仅剩的自尊，我必须誓死捍卫，哪怕显得很愚昧。余阮当然不会强求，我的拒绝同样是他计划中的一环，所有的一切都按照他的安排有条不紊地发展，除了鹿安，现在这个世上没有人可以让他心烦。

可是，还有一个鹿安。

可恨的鹿安，伟大的鹿安！

6

余阮搬走后偶尔会回来看我，几乎都在午夜，那是他忙完一天后终于可以休息的时间，每次都特别憔悴，太多的事让他殚精竭虑，这些都是真的，因此我虽然怨气多多却也只能忍着，一来是还会心疼，想想他能有今天也确实不容易，我不能让他再烦心；二来我抱怨也没有用，只会让我们的关系变得更脆弱，我不能冒这个险。余阮每次过来逗留的时间都很短，有的时候闲聊了几句就走，有的时候刚进门就接到兄弟的紧急电话，然后赶紧离开去处理，如此种种，已成常态，现在他的生活，不得片刻安宁，实在可怜。

余阮每次过来都会买一些价格不菲的礼物送给我，我必须承认，在花钱这方面，他确实足够大气，或许他对我还是有感情的吧，女人收到礼物时总归不那么理性，而我既心疼他乱花钱，又享受着这种看得见摸得着的好，真是矛盾极了。

一天凌晨，他突然造访，从表情看不出是高兴还是悲伤，进门后他先是扔给我一个爱马仕的最新款限量手包，然后让我好好做几样他喜欢的饭菜，说自己忙了整整一天都没有吃饭，现在饿疯了却只想吃我做的菜。见到他我又高兴又心疼，赶紧到厨房忙活，等出来时，他已经蜷缩在沙发上睡着了。我刚想叫醒他，却突然改变了主意，悄悄在他身边坐了下来。

我近乎贪婪地仔细打量着这个既熟悉又陌生的男人，此时此刻的他像个没长大的孩子，安静、平和、真实，他的睫毛好长，嘴角轮廓很好看。只有现在，我才感觉他是属于我一个人的，所有的恨都消失殆尽，所有的怨都不复存在，所有的痛都烟消云散，心中只剩下了爱。

我情不自禁地低头亲吻他的嘴，眼泪打在了他的脸上。

他醒了，顺势搂住我，柔声问："傻妞儿，你哭了？"

啊！他现在还叫我傻妞，真好！

我起身，转过头，说："菜都凉了，我给你热一下。"

他又从身后抱住我："这些天让你受委屈了，我需要集中精力把事情处理好，再给我点时间。"

我强忍着眼泪，深吸一口气，故作轻松状："好啦，要不还是直接吃吧，其实也没多凉，我刚过来，你就醒了。"

"行，吃饭！"余阮也收起了难得的温柔，伸着懒腰走到饭桌前，只是刚吃了几口就皱起了眉头，放下了筷子。

"怎么了？"我心一紧，"是不是我做得不好吃了？"

他摇头："好吃，味道和从前一模一样。"

"那你干吗这种表情？"我噘嘴，"吓死我了，讨厌！"

余阮很认真地回答："因为我突然想到了一个问题，这个问题让我食之无味。"

我在心里无奈地笑了，他过来果然还是带着其他目的，尽管他表现得好像很无意，哈，我真是太了解他了，这个坏人！

或许正是这份了解，让我可以不那么当真，从而不会那么受伤了吧。

"傻妞儿，你老实告诉我，我现在和鹿安比，谁更厉害？"

"你！"我毫不犹豫地回答，语气轻佻，"这难道还有什么争议吗？你现在这么得势，他那么落魄，根本不好和你比的有没有？"

本以为他听了会很高兴，却没想到他竟对我翻白眼："狗屁咧，我说卢一荻，你怎么也和那些成天只知道奉承拍马的家伙一样光知道对我说好话了？"

"本来就是，在我心里，你永远都是最厉害的那个人。"

"好了，好了，你们真把我当白痴了吗？"余阮很认真地看着我说，"我告诉你，我根本就比不过鹿安，我没他有钱，也没他聪明，他以退为进，借力打力，真的比我厉害好多。"

我本来还想调侃几句，然而他的表情实在不像开玩笑的样子，让我不得不也认真起来。说起来这还是我头一次听到余阮亲口承认自己不如鹿安呢，这对极度自负的他而言几乎是不可能的事，却真真切切地在我眼前发生了，余阮究竟经历了什么，何以会如此妄自菲薄？

"这和妄自菲薄没关系，而是事实就是，"难得余阮如此正经，不禁让我洗耳恭听，"人生在世，所求无非'名利'二字，然而名是虚的，利才是实的。我现在是名利都要，所以过得很累。鹿安比我聪明，他只要利不要名，所以落得一身轻松。傻妞儿，你知道吗？此前我怎么也想不通那天他为什么会说放弃就放弃，一点儿留恋都没有，我还真以为是我有多厉害，让他无路可退，现在想想，其实真正厉害的是他，他肯定早就厌倦了这种身不由己的生活，正好借机把这个沉重的包袱甩给我，从此自由自在。"

静静听完余阮的分析，觉得好像也有点儿道理，不过更大的感受却是余阮在这件事上挺作的，明明一切都是他主导的，现在回过头来还赖鹿安。唉！男人，有时候也挺幼稚的。

我当然不可能直接这么说啦，而是装作很关切地问："好吧，那你现在打算怎么办？"

"很简单，既然他要的就是平淡生活，那我偏偏就不让他安生，"余阮近乎赌气地说，"他不是号称反对暴力吗？他不是说不会再打架吗？我非得逼他出手，让他食言，打自己的脸，哈哈！"

我摇头："你那天那么刺激他，他都无动于衷，想不出你还有什么办法。"

"很简单，我从明天开始天天派人去恶心他，只要他动手了，那么就算输了，哼哼！恶心人的办法，我有一万种，看他怎么忍，"余阮说完又小声叨咕了句，"反正我不爽，他也别想快活！"

我心里叹了口气，这也太扯了吧，整个一精神胜利法啊！好吧，只要他觉得合适就行。

"我能问你个问题吗？"我看他的情绪似乎有所好转，于是将心中久久的疑惑说了出来，"既然你已经打败鹿安了，他现在也没有真的影响你什么，你为什么还要和他过不去呢？"

"嗯，这是个好问题，我也问过自己，而且我其实也想不太明白，"余阮眉头紧锁，仿佛喃喃自语，"我为什么总惦记着这个人？到底因为什么？"

余阮的反应真的让我觉得好怪啊，他那么理性、那么凶狠、那么城府深的一个人，怎么一提到鹿安，整个人都不好了呢？我心中突然一激灵，差点儿脱口而出：哈！我知道啦，肯定是因为你爱他。

或许是那段时间我太无聊耽美小说看多了，看到男男就想组 CP（情侣），可玩笑归玩笑，我还是觉得余阮对鹿安的态度挺暧昧的。不是说爱到极处便是恨吗？那反过来是不是也成立呢？

就在我脑洞大开编织剧情时，余阮突然重重拍了下桌子，仿佛总结陈词："不管是因为什么，我都必须和他好好打一架。"

说完又认真补充："对，就得这样，男人之间还得用拳头说话。只要我将他打倒在我面前，我一定可以做到真正放下。"

7

第二天一大早，余阮便差遣了几个小流氓到鹿安的奶茶店寻衅滋事，虽然没有达到目的，但至少没让鹿安睡到自然醒，也算是有功而返，从此更是上了瘾，每天定时到鹿安那里"报到"，比上班还要准点。

那些被余阮派过去的混混大多是那种刚入会没多久的外地孩子，他们盲目崇拜余阮，还不了解鹿安的过往，因此有恃无恐，闹起来时特别猖狂，而每每此时余阮不管多忙都会抽出时间坐在奶茶店外的豪车内，就等着鹿安爆发，他好上前和鹿安痛痛快快打上一架。可是鹿安每次都让他失望，不管他的小弟们如何出言中伤，鹿安都微微一笑不以为然，如果闹大了他宁可选择报警也不会通过以暴制暴来解决。一时间余阮也没了办法，只能硬着头皮继续尝试，祈祷鹿安早日受不了，就这样，两人再度陷入了持久战。

鹿安的反应同样让我觉得匪夷所思，自从知道了他是余阮心中的头号劲敌后，我开始有意收集他的故事，我知道他曾经是一个极度危险的暴力少年，也是一个腰缠万贯的富二代，更是这个城市地下秩序说一不二的存在。尽管他怎么会蜕变成如今这副模样谁也不得而知，但我的直觉却告诉我那一定是因为爱情，只有爱情的力量可以扭转这一切。此前听甄帅无意中对我提及鹿安曾经有过一个女友叫草莓，或许正是她彻底改变了鹿安，由此可见鹿安真的是一个痴情的人，而这个草莓也一定与众不同，充满了特别的魅力和能量。

念及此，我突然想起璐宛溪，说起来我们已经有段时间没有任何联系了，那天下午，我从头到尾都没有正眼看她一眼，不是不想，而是不敢，因为我竟然觉得理亏起来，特别是知道了她和鹿安重归于好后。这是一种很复杂的情绪，复杂到我自己都无法完全明了和驾驭，我只知道，很多事情只有失去了才知道珍惜，当我历经世事，特别是一次又一次被伤害后，我愈发懂得和珍惜璐宛溪对我的好，尽管我也不打算回头，却不影响在我内心深处，璐宛溪再次回到那个重要的位置。

8

余阮想伤害鹿安，鹿安偏偏不让他如愿以偿，于是余阮只能来找我倾诉，他知道我爱他，愿意为他排忧解难，我对他而言是一个绝对安全的存在，至于我的感受如何，他根本就不在乎。

他的自私在这场拉锯战中暴露无遗，而我在最终的爆发前只能忍，这便是我们共同的可笑之处。

至于余阮每次的倾诉，其实都大同小异，基本上可以分为三个步骤：

第一步，先说自己是多么不容易、多么辛苦才拥有今天，结果拥有了才发现上当了，因为更辛苦、更不容易了。

第二步，这些当然都是拜鹿安所赐，他就是故意的，是个大大的坏人，好讨厌好讨厌的那种坏人。

第三步，最后总结陈词，说自己绝不会善罢甘休，一定要逼鹿安出手，然后用拳头好好教训他，方能泄心头之恨，只有亲手打败鹿安才能完成自我的救赎。

是的，余阮说来说去就这三段，反反复复地唠叨，我的耳朵都生了老茧他还不嫌烦。开始我还挺当真，加上心疼他，总和他有板有眼地去分析，还一个劲儿地去安慰，后来我终于意识到自己可真够愚蠢的，我压根就不应该往心里去，因为余阮其实什么都明白，喋喋不休只是故作姿态，他根本就不需要你去出谋划策，只需要你拿出时间听他倾诉而已，而倾诉的时候，绝对有着不为人知的快感。

想明白这些后，他再找我唠叨，我就表面上频频点头，嘴上应付说着"对对对，鹿安可真坏；好好好，都是他害的；行行行，必须不放过他"，同时脑补着他和鹿安相爱相杀的画面，倒也乐在其中。如此不知不觉，他俩的剧情已经演到了 20 集，而照此情景，估计还能再有 20 集，还不算番外和彩蛋。

9

如此过了一个多月，事态终于迎来转变。

那天午夜，余阮一如往常地告诉我说等会儿收工后要过来，电话里就感觉他的情绪很不错，等见面后发现特别好，不但眉开眼笑，甚至嘴里还哼起了不知名的歌谣。

"哟，怎么今儿个这么高兴呀？"他开心我也高兴，情不自禁地问，"鹿安接受和你决斗啦？"

余阮边哼歌边摇头："没有，他才不是那种随便的人。"

我晕，这口吻哪里像说自己的仇人，也太宠溺了吧，简直激情四射有没有？不行，我得赶紧改改他俩的剧本。

"那你肯定是又狠狠赚了一笔钱？"

余阮还是摇头，嘴里说着"No、No、No"。

"你又收了很多小弟？"

余阮继续摇头："现在除了鹿安，我对什么都不感兴趣。"

好吧，这已经是赤裸裸的告白了。

我不知道再说啥，只能装作老成地感慨："你变了。"

这本是我随口一说，也没指望他能回答什么，却没想到余阮竟连连点头附和，并且很认真地说："是的，我变了，变得不够纯粹了！"

"这也很正常，毕竟你现在不是一个人了，"我赶紧将话题拉了回来，"好吧，快说你今天为什么这么高兴，肯定还是和鹿安有关吧？"

"差不多吧，反正就是我想明白了，"余阮再次点头，"我不应该总把鹿安视为我的假想敌，我应该和他做朋友，和他合作。"

苍天饶过谁，贞操碎满地，要不是亲耳听见，打死我都不会相信这是余阮说的话。

他这是怎么了？难道他是假的余阮？昨天还目露凶光说要搞死他全家，今天又要和人家做朋友，莫非当老大太操劳把脑子烧坏了？工伤啊！得赶紧治，晚了就成神经病了。

"哈，真是新鲜哪！"我实在忍不住，调侃起来，"余阮啊余阮，我看你不是变得不够纯粹，而是变得面目全非，这话要是搁两月前，打死我都不相信你会说。"

"可不，别说你不相信，我自己都没法相信，"面对我的奚落，余阮一点都没生气，而是认真和我分析起他的内心动机来，"不过其实也没什么可奇怪的，正所谓时也，势也，识时务者为俊杰，现在我名气已经有了，要琢磨的就是如何赚钱，而且是赚很多很多钱。可眼下的形势你也知道，一来风险太大，二来也就那么回事。小钱不愁，大钱没有。"

"你说的这些我听得懂，可是，这跟你要和鹿安做朋友又有什么关系呢？"

"你先别急，这事儿没那么简单。我想了好久才想明白的，"余阮哀怨地看了我一眼，"我问你，现在做什么最赚钱？当然，还得是相对安全的。"

我想了想，摇头："我哪知道，我一向对如何赚钱不感兴趣。"

"妇人之见，你不理钱，钱不理你，所以你现在还是个穷光蛋，"余阮先是露出了一个鄙夷的笑容，然后手在空中一挥，振振有词，"其实就只有一条路——房地产。"

"房地产？"好遥远的名词，虽然媒体每天都在大量地讨论，可还是觉得很陌生！

"对，房地产，"余阮又重重重复了一遍，"现在要想赚大钱，必须做房地产，只要操作得当，最短半年，最多三载，就能至少赚够一个亿。"

"有那么夸张吗？"我不屑一顾，"照你这么说，大家不都去做了？"

"那当然不可能了，房地产是门大学问，上通政策，下通资本，情况复杂，风险极大，稍有不慎，倾家荡产，命都能搭进去，不是平头百姓可以触碰的，"余阮撇撇嘴，"这个世界犹如丛林，永远是冒险家的乐园，可绝大多数人都是胆小鬼，注定一辈子失败。"

"你的意思是只要足够有胆量，就能做房地产咯？"

余阮摇头："那也没戏，地产行业经过早期的野蛮生长，到现在已经很成熟，政策，钱，都已经不是障碍，最关键的还是土地本身。也就是说，拿不到好的地块，一切白谈。反过来，如果手中拥有了位置很好的地，那么就算躺在床上也能发大财，有的是人来求你。"

"好吧，你说了这么多，还是没说这事到底和鹿安……"

"鹿安有地，很多很好的地，"余阮振振有词，双眼放光，"当年他老爸办厂时政府特别扶持，批了好几百亩的土地，当时是很偏，但现在看来位置绝佳，不但完全在市内，而且位于最有发展潜力的新区，背山靠水，堪称风水宝地，用来开发高端住宅，再合适不过。"

"好吧，所以你说要和他合作，就是为了他们家的那些地？"我有点儿明白他的意思了，真不知道他是怎么琢磨出这些的。

"对，现在那些地已经变得特别值钱，可他们家竟然还在用来做厂房，简直太暴殄天物了，就应该立即将厂搬走，然后原地盖住宅。我算过了，那么大的面积至少可以开发三期，每一期的净利润至少有两个多亿，这还是最保守的做法，要是在户型上做点儿文章，还能赚更多。"

"可那些应该都是工业用地吧。工业用地怎么能盖住宅呢？"

"嘁，你还懂这个，"余阮冷笑了声，"记住了，在巨大的利益面前，什么都不是问题。土地用途可以更改，土地还能抵押，前期所有费用银行都会提供，只要做出概念图，拿到售房许可证，可以说一分钱都不花，就能拿到回款，那里的房子根本不愁卖，有钱人会趋之若鹜，省城也会有客户赶过来。"

我点点头："也对，那里紧挨着高速，从省城过来一个小时都不用，太方便了。"

"就是啊，你说现在到哪儿还能找到这么好的事？"余阮越说越激动，"还决斗呢，决你妈的斗，我就是个大蠢驴。"

余阮感慨完突然又叹了口气："不过也不能说就完全没有隐患。"

"什么隐患？"

"时间！"

"时间？"

"对，时间，说到底房地产这门生意还是需要和时间赛跑，并且要做时间的朋友。现在房价之所以突飞猛进是因为城市化进程的轰轰烈烈，很多农村的人都涌到了城市里，所以需要很多很多房子，可是一同发展起来的还有泡沫，现在房价已经高得离谱，都说房子是用来住的，不是用来炒的，可是现在有刚需的人买不起，买得起的人更多是用来投资的，对此国家不可能坐视不理，我猜用不了多久，我们这里也会限购，到时候将有很多房子根本卖不掉，前期的投资也收不回来，算是砸在手中，而且越是高端的盘风险就越大。"

"天，那这不就是击鼓传花吗？"

"你可以这么理解，所以现在应该是最后的疯狂，也是最后的机会，真是时不我待啊！"

"好吧，那你快点儿找鹿安去谈合作，要来不及了。"

"哈，也没那么夸张啦，不差这几天的，"余阮眼珠子转了转，"放心吧，我都想好怎么谈了。"

"我对你当然放心，我只是对鹿安不放心而已。你说万一他不同意怎么办？"

余阮又激动起来："他为什么不同意？原来他不搭理我是因为我总在挑衅他，但这次我是找他合作，是给他送钱。他没有理由拒绝的。"

"万一他不在乎钱呢？"

"那更不可能，没有人会不在乎钱，只是多少的问题，"余阮一脸笃定，"如果他什么都不要付出，只需要点点头，签签字，就有人白白送上几个亿，他不可能不心动。"

"你怎么就那么相信自己的判断？"

"因为这就是人性，贪婪是我们骨子里的底色，无一例外。"

我没有再反驳什么，或许余阮是对的。人性是最复杂的，人性也是最简单的，余阮能够有今天，靠的就是对人性之恶的精准把握和利用。我是那么希望他能如愿以偿，因为我爱他，可这一次我又希望他的计划落空，那是我对人性之善的微弱向往，也是我内心深处的希望之光。

SCENE

7

STRAWBERRY
草莓

璐宛溪

—

第七幕

弱水三千

如果有一天，我亲自为鹿安撰写墓志铭，那个淫雨霏霏的黄昏，将无法缺席。

日落之前，他依然是众人敬仰的大哥；日落之后，他却成了众叛亲离的孤家寡人。

众多弟兄离他而去，生死相依的甄帅也分道扬镳，当黑暗笼罩大地，一同被吞噬的还有他的声名及尊严。

从此长夜漫漫，流言蜚语，中伤倾轧，纷至沓来……他的人生，陷入了最低谷。

1

我曾因为新美南吉的一篇童话而哭得稀里哗啦，童话的名字叫《去年的树》。

　　一棵树和一只鸟儿是好朋友。鸟儿坐在树枝上，天天给树唱歌；树呢，天天听着鸟儿歌唱。

　　日子一天天过去，寒冷的冬天就要来到。鸟儿必须离开树，飞去很远很远的地方。

　　树对鸟儿说："再见了，小鸟！明年请你再回来，还唱歌给我听。"

　　"好的，我明年一定回来，给你歌唱，请等着我吧！"鸟儿说完，就向南方飞去。

　　春天又来了。原野上、森林里的雪都融化了。鸟儿回到这里，找她的好朋友树来了。

　　可是，发生了什么事情呢？树，不见了，只剩下树根留在那里。

　　"立在这儿的那棵树，到什么地方去了呀？"鸟儿问树根。

　　树根回答："伐木人用斧子把他砍倒，拉到山谷里了。"

　　鸟儿立即向山谷里飞去。

　　山谷里有个很大的工厂，锯木头的声音，"沙沙"地响着。

　　鸟儿落在工厂的大门上。她问大门："门先生，我的好朋友树在哪儿，您知道吗？"

门回答说："树嘛，在厂子里给切成细条儿，做成了火柴，运到那边的村子里卖掉了。"

鸟儿立即向村子里飞去。

在一盏煤油灯旁，坐着一个小女孩儿。鸟儿问："小姑娘，请告诉我，你知道火柴在哪儿吗？"

小女孩儿回答说："火柴已经用光了。可是，火柴点燃的火，还在这个灯里亮着。"

鸟儿睁大眼睛，盯着灯火看了一会儿。接着，她就唱起去年唱过的歌儿，给灯火听。

唱完了歌儿，鸟儿又对着灯火看了一会儿，就飞走了。

我将这个故事讲给过陶梦茹听，陶梦茹抱着我和我一起哭；我也曾对卢一荻讲过，卢一荻挑着眉毛说没听懂，然后趁我不注意的时候偷偷抹眼泪；现在，我把这个故事讲给鹿安听，鹿安一边听一边轻轻点头，最后在我耳边温柔地说："七七，我不会让你离开我，我们永远不分开。"

我不知道为什么要对他讲这个故事，就像我并不清楚那个微风细雨的黄昏，他为什么要那么做。或许很多事都没有原因，只是心性所至，自己觉得合适就好。

我只知道，从此以后不管鹿安遭遇怎样的诋毁和伤害，我都会相伴左右，不离不弃。

就像那只鸟儿，哪怕你已经粉身碎骨，我也要为你夜夜歌唱，因为，这是我对你的承诺。

2

我常想，如果有一天，我亲自为鹿安撰写墓志铭，那个淫雨霏霏的黄昏，将无法缺席。

日落之前，他依然是众人敬仰的大哥；日落之后，他却成了众叛亲离的孤家寡人。众多弟兄离他而去，生死相依的甄帅也分道扬镳，当黑暗笼罩大地，一同被吞噬的还有他的声名及尊严，从此长夜漫漫，流言蜚语，中伤倾轧，纷至沓来……他的人生，陷入了最低谷。

眼见他起高楼，眼见他宴宾客，眼见他楼塌了。有多少人爱你，就有多少人恨你。这个江湖太过现实和冷漠。你牛你有理，你弱你白痴，说再多也没用。

鹿安输给了余阮，输得彻彻底底，从此便成了"窝囊废"的代名词，哪怕是刚混社会的马仔都可以通过诋毁他而获得巨大的快感。

"鹿安就是个纸老虎，我一根小拇指都能将他打趴下，不信你让他来找我，敢吗他？哈哈哈哈！"

"他敢个屁，白瞎我还跟着他混了好几年，没挣到一分钱，脸还都给丢尽了！"

我自忖如果自己遭此境遇，决计无法淡定，即使不反抗，也要努力澄清。然而鹿安作为风暴中心的当事人，却始终显得无比从容，或许于他而言，真的只要还能和我在一起，还可以照顾着草莓，其他什么都可以放弃，何况他早就无心江湖事，更不在乎所谓名利，现在卸下了沉重包袱，从此可以轻松生活，未尝不是一件好事。事实上，那天以后的一段时间内，我们着实享受了相对安逸的时光，留下了很多美好回忆，算是另一种所得。

而江湖从来不缺新鲜事，余阮作为新任大哥风头之劲，一时无双，很快吸引了所有人的目光，此消彼长，关于鹿安的流言蜚语很快少了很多，似乎他真的已经被遗忘。对此，鹿安自然求之不得，而我也渐渐能够接受他为此付出的代价，理解他说过的话：有失必有得，凡事皆好事，就看你如何对待，老天，对谁都很公平。

而当喧嚣渐渐散去，我们开始尽情憧憬未来，并制订了一个足够疯狂也足够有意义的目标——自驾去荷兰，我们要骑着摩托从北京出发，一路往西，用至少三个月的时间，途经十一个国家，跨越两万公里的古丝绸之路，最终到达荷兰的鹿特丹。那里是鹿安曾经生活和长大的地方，也是和草莓相识相爱的地方。

在那里，他会向我求婚，许下守护我一生一世的诺言。

不一样的人，一样的爱，那些他和草莓没有能够做到的事，由我和他一起完成。

这便是关于爱，我们能够想到的最浪漫的时刻和方式。

3

事实很快证明，我们还是低估了人性之恶——有一种人，犹如疯狗，你对它避之不及，它却不依不饶，不咬到你决不罢休。

余阮就是这种人。

我们一退再退，百般忍让，余阮却压根没打算放过我们。在消停了一段时间后，他突然再度发难，几乎每天都会派上几个不知好歹的混混上门滋事，也不是真的打砸抢烧，而是各种骚扰叫嚣，比如躺在店里的桌上睡觉；对正常的顾客进行挑衅威胁，吓得他们离开；或者买杯奶茶然后喝一口就全部吐在地上，说里面有苍蝇，让我们赔钱……各种卑劣手段，无所不用其极，反正不让你好好经营，而这样做的目的只有一个，激怒鹿安，让他动手制止。

对此鹿安当然不会理睬，更不可能因为这些喽啰而破坏自己的原则，实在受不了了就报警，只是警察前脚刚将这些混混赶走，后脚又会过来新的混混。他们仗着余阮在背后撑腰，有恃无恐，加上发现鹿安果然和传言中的一样懦弱后，愈发猖狂，常常对着鹿安指手画脚，狠狠叫骂两句，然后赶紧录一段视频发在网上，从此逢人便吹牛：看，曾经的大哥，被我吓得屁滚尿流！

虎落平阳被犬欺，那些日子，鹿安总是遭遇这样的恶心事。

我不止一次劝鹿安干脆将奶茶店关掉算了，反正也不赚钱，惹不起咱躲得起。

鹿安不同意，说如果现在逃避，只会让余阮变本加厉，没事，这些小麻烦，他还受得起。

鹿安还说，这些都是后遗症，就像大病一场，不可能一下子全好，再等等，再忍忍，迟早都会过去。

4

都说男人的胸怀都是被委屈撑大的，鹿安经历过很多事，看得也远，他的确受得了。

我却不可以，也不愿意。

面对余阮这些家伙无休止的骚扰，我真是受够了。你现在大哥也当上了，钱也赚到了，卢一荻还那么死心塌地跟着你，你还有完没完了？

不行，我必须挫挫他们的锐气，否则我就不是璐宛溪了。

下午四点，又是一批新的小混混准点来到奶茶店打卡滋事，这群家伙造型奇特，个个头发不重色，五颜六色跟共享单车似的，此外他们还格外嚣张，一进门就像背诵诗歌一样赞美他们老大余阮如何英明神武，打得鹿安如何屁滚尿流，你一句我一句，接得还挺顺畅，词儿也押韵，一看就没少排练。

鹿安在吧台里无奈地笑笑，继续埋头干活，对于这样的攻击，他早已经麻木。

"真是够了！"正在擦地的我气得将拖把重重摔在了地上，然后对着他们用尽全力大吼，"都给我住口，别唱啦……"

　　混混们应声而停，面面相觑，估计他们排练时没这环节，余阮也没专门交代过对策，一时间竟不知如何是好。

　　过了好一会儿，正中间那一头红发的大高个才小声嘀咕："我们没唱歌啊！"

　　旁边一头绿发的矮个补充："老大，我们这叫说唱，嘻哈，Rap（饶舌），人家小姑娘没说错。"

　　"是吗，你怎么懂得那么多，好棒的！"

　　"必须的，老大。"

　　"都给我住口！"我再次气运丹田，闭着眼睛，发出狮子吼，"你们要调情就出去，不要在这里丢人现眼，烦死啦！"

　　"七七……"鹿安满脸紧张。

　　"你也别说话，就待在那里不要动，"我指着这群混混，"我受够了，今天必须要好好教训他们。"

　　鹿安估计也从未见我如此发飙过，竟真的没再干涉我，乖乖地待在吧台里，瞪大眼睛看着我。

　　我冲到"红头发"面前，踮着脚，一把抓住他的衣襟："赶紧给我消失，有多远，滚多远，否则别怪我不客气。"

　　说完，我用力一推，如果能将"红头发"推一个趔趄，那么震慑的效果就出来了，他虽然高，但很瘦，重心还很高，应该问题不大吧。

　　可是，对方纹丝不动。

　　我再推，还是没动。

　　我这才意识到，重心再高的混混也是混混，而我，只是一个手无缚鸡之力的女生，我刚才的想法，实在有点儿天真。

　　"红头发"缓过神，对着我露出了狰狞的笑，那两排牙齿，特别白："嘿嘿，可真行，鹿安当起了缩头乌龟，你倒来劲了。"

　　"就是，这女人好凶的，刚才还推你了，臭不要脸。""绿头发"在一边帮衬，"哥，疼吗？"

　　"红头发"吹了吹自己的红头发："毫无感觉。"

　　"绿头发"满脸崇拜，连连点头："厉害了，我的哥。"

　　"说完了没有？"我冷静了下来，开始觉得怕了，语气远没有刚才硬气，"说完了的话你们可以走了，我们还要做生意呢，客人都给你们吓跑了。"

　　"哎！吵架归吵架，你不要诽谤！""红头发"一下急了，"从我们进来到现在，压根就没有一个客人。"

　　"就是，赚不到钱可别赖我们，""绿头发"阴阳怪气地补充，"这个锅我们可不背。"

　　"再说了，你打完我就让我走，我成什么啦？"

　　"狗！""绿头发"的话接得天衣无缝。

　　"红头发"气急败坏："对，你把我当狗了，这不能忍。"

　　"那你……想怎么办？"我感觉他们说得好像挺有道理，我突然词穷了。

　　"很简单，刚才你打了我一百下，现在我要还回去，""红头发"

一脸嘚瑟，"放心，我从来不欺负女人，我只会踢你一脚，怎么样，够意思吧。"

"哥，讲究！""绿头发"伸出大拇指，"真是个爷们。"

我懒得再听他们说相声，心一横："是不是你踢完我一脚就会走？"

"先踢了再说。""红头发"对着我说话，眼睛却看向鹿安，"今儿个算是见识了，原来鹿安不光是个尿货，还是个靠女人出头的窝囊废，真是笑死人了。"

说完，双目圆瞪，突然抬脚对着我猛踹了过来。

"我踢死你，让你嘚瑟！"

"啊！！！"我吓得以手掩面，尖叫起来。

我能感受到一阵特别强烈的风先扑到了我的脸上，心中顿时万念俱灰——完了，完了，没想到这"红头发"还是个高手呢，这一脚下来，不死也得伤，搞不好也要成为植物人，鹿安啊鹿安，你可得多赚钱啊，两份医药费不是闹的。

我一边胡思乱想一边尖叫，一直叫到气儿不够用了对方的腿都没踢到身上，反而很快听到"红头发"发出惨烈的叫声："救命啊！"

我赶紧睁开眼，就看到"红头发"整个人往后斜斜飞了起来——真的是飞，我一点都没夸张。

而刚才明明还在吧台后面的鹿安已经站到了我面前，一只脚依然高高地横在空中，姿势无比帅气。

原来刚才那凌厉的风是鹿安发出的，难怪感觉势不可当。

"七七，别怕！"鹿安轻轻揽住我的腰。

"嗯嗯！"我看到"红头发"重重撞到墙上后顺势瘫到了地上，翻了翻白眼珠，头一歪，晕了过去，赶紧问："他没事吧？"

"不知道，等会儿再说。"鹿安先将我搀扶到一边坐下，然后将外套一把扯掉，露出一身的腱子肉。

刚才还不可一世的混混们顿时局促不安起来——不都说鹿安是不会还手的吗？那他现在到底想干吗？

"鹿安，你……你要做什么？有话好好说。""绿头发"的声音都变了。

鹿安没说话，而是步步逼近，目露凶光，让人不寒而栗。

"兄弟们，和他拼啦！""绿头发"突然尖叫一声，"我们一起上，干死鹿安，替哥报仇！"

然后四五个人一起咆哮着扑向鹿安。

"小心！"我急得站了起来。

结果我话音未落，就看到这几个人像触电了似的纷纷往后弹了出去，然后以各种匪夷所思的姿势摔倒在房间各个角落。

战斗结束，从头到尾最多三秒钟。

根本没人看清楚鹿安是怎么出手的，甚至这些挨揍的家伙也弄不明白，他们感觉自己不顾一切冲向鹿安，然后就不由自主地飞了起来，仿佛身体根本不受自己控制，每个人都是第一次体会到了什么叫力不从心，又什么叫以卵击石。

记得不久前，我刚看过韩寒写的一篇文章，题目叫"我也曾对这种力量一无所知"，讲的是业余选手和专业选手之间能力上的巨大差距，我想说的就是眼前这种情况吧。

"绿头发"从地上挣扎着爬起来，都快哭了："鹿安，你不是说过不再打人的吗？你骗人！"

其他几个混混也帮腔："你快放我们走，不然我们报警了哦。"

"你们听好了，你们随时都可以来找我的麻烦，但绝对不可以碰我的女人，"鹿安冷冷地说，"你们想打我，我不会还手，但如果你们伤害到她一丝一毫，我一定会让你们生不如死！"

那一瞬间，我又兴奋又感动，鹿安为了我，竟然再次违背了自己的承诺。

我冲到鹿安面前，紧紧抱住他："这样就对了，答应我，不要再被他们欺负了。"

鹿安还没来得及说话，就听到墙角突然发出一声爆笑，原来是"红头发"醒了。

"哈哈哈哈，我太牛啦！噢耶！"

什么情况？我和鹿安对视了一眼，我撇嘴说："完了，你把人踢成神经病了！"

鹿安也吐吐舌头："不能够啊！"

神情癫狂的"红头发"一屁股爬起来后向门外冲了出去，边跑边喊："鹿安竟然被我逼得出手啦，别人做不到的事老子终于做到啦，老子太牛了，大哥，你快过来……啊……"

"红头发"突然又惨号了一声，然后人直挺挺地飞了进来——真的是飞，我一点没夸张。

所有人的目光都凝视着门口。

门外先是传来一阵急促却很稳重的掌声，接着，余阮笑嘻嘻地走了进来。

5

这是我时隔两个多月再次见到余阮，和上次在郊外广场的落魄形象相比，他的扮相发生了天翻地覆的变化，乍一看特像个暴发户，从头到尾全是名牌，恨不得价签都不摘掉的那种。这也能理解，对他这种乍富的"穷"人来说，没什么比名牌更有安全感的了，心中越是怕什么，就越想向世界证明什么，其实是一种病态。

我感觉自己更加瞧不起这个人了。就他，还想和我的鹿安比，我呸！真不知道卢一荻怎么想的，脑子进水了吧。

余阮的嘴角依然是那种万年不变的邪笑，他鼓完掌后先是将鼻子上的阿玛尼墨镜推到额头，然后抖了抖手腕上的劳力士水鬼，眯着眼睛边看边说："七个人，不到十三秒，厉害哦。"

我怕鹿安面对这个人的时候又习惯性沉默，刚准备上前回应，却被鹿安拉到身后。我疑惑地看到他走到余阮面前，神色轻松地说："还行吧，有阵子没练了，手脚有点儿生疏，不过肯定比你厉害。"

我情不自禁在心里为鹿安喝彩：耶！尿得真漂亮，爱死你了！

"是吗？那我可不服气，"余阮说完突然抬脚，目露凶光，"我也想试试。"

我以为他要突袭鹿安呢，结果他却狠狠踢向了自己身边的那群混混，第一脚正中刚刚爬起来的"红头发"，于是他实现了当天的第三次飞翔。

其他几个人吓傻了，还是"绿头发"反应最快，拔腿就跑——结果他成了第二个被余阮踢飞的人。

余阮边踢嘴里边数着数计时："一、二、三……"他攻势凌厉，拳脚生风，只是踢飞第六个人的时候便已经数到了十五，显然要比鹿安慢很多。

我高兴极了，就差要欢呼起来。

余阮显然特别生气，发出一声沉闷的吼声，用尽全力腾空后抬脚踢向最后一个混混，可就在最高点的时候突然扭腰，然后对准鹿安横扫过去。

原来他前面所有的攻击都是障眼法，都是为了最后这出其不意的致命一击。

余阮这招太快太意外也太狠毒，我的大脑瞬间短路，吓得连叫都叫不出来，眼睛也忘了闭上，只能眼睁睁看着他的脚离鹿安的脸越来越近，越来越近……而鹿安从头到尾都没有动，甚至连眼睛都没有眨一下，难道他也被吓到了吗？

时空好像凝滞，我甚至可以看到余阮脸上已经露出了胜利的笑容。

而其他所有人也都瞪大着眼睛，在他们看来，世上根本没有人可以在这种情况下躲过余阮的进攻，很显然，鹿安已经凶多吉少，在劫难逃。

然而神奇的一幕发生了，就在余阮的脚和鹿安的脸无限接近时，鹿安轻轻晃了一下。

然后，余阮就如同偏离轨道的流星，从他面前飞了过去，并且因为失去了重心，狠狠砸到了桌子上，特别结实的桌子应声断裂。

真是报应啊，敢情余阮刚才用尽了全力，根本就来不及调整重心，活该倒霉，我看着都疼。

而那几个混混的表情同时换成了匪夷所思，他们显然无法相信眼前这一幕，简直太不可思议了。

余阮一击不中，左手在地上一拍，人便翻坐了起来，然后右手往身后一探，手中便多了把蝴蝶刀，他手指抖动，蝴蝶刀立即在指尖游走了起来，仿佛有了生命一般。

余阮挥着刀，咬牙切齿，咆哮着扑向鹿安。

上次在广场，我们所有人都见识到了余阮的刀技之高超，甄帅根本毫无还手之力。现在轮到了鹿安，他能够抵挡住吗？

我急得四下张望，想给赤手空拳的鹿安找个武器，可是来不及了。

因为鹿安已经开始动了起来，只是这次他不是避让，而是迎着余阮的刀，向前。

他要干什么？用自己的肉身去承受锋利的刀刃？他疯了吗？

他当然不可能疯，他清醒得很。余阮的刀确实很快，要想克制只有一个办法——比他更快。

就像动漫里的场景一样，两人在电光石火间交错而过，然后鹿安的拳头在刀刃即将划过自己皮肤之前狠狠砸在了余阮的脸上。

余阮就像断线的风筝呼啦啦地摔了下来，又压断一张桌子。

余阮还不服，起来继续，于是两个人你来我往，宛若跳舞，动作还挺默契，只是有人气急败坏，有人闲庭信步。任凭余阮的刀在鹿安身前如何游走都无法伤及他分毫，而每一次交会后，余阮都要在鹿安的重拳下狠狠摔倒，摔到最后，屋子里已经没有一张完整的桌子了。

到后来，余阮的动作已经明显放缓，却依然不罢休，他红着眼睛，黑着眼圈，几乎是用一种同归于尽的姿势扑向鹿安。

这显然是他最后的疯狂一击，志在必得。

我看到鹿安轻轻叹了口气，然后发动一个漂亮的回旋踢，直直踢向迎面而来的余阮。

动作一点儿都不花俏，但余阮就是躲不掉。

以快打快，高手过招，赢的就是那零点零几秒。

"砰"的一声闷响后，余阮就像摆脱了地心引力一样，飞了起来，待摔倒后再也没能马上爬起来。

Game Over！胜负已分，高下立判。

余阮的小弟们已经看傻了，在他们心中，余阮简直就是无敌的存在，却怎么也没想到在鹿安面前压根没有招架之力，实力差距实在太大太大了。而不过半小时前，他们一个个还信心满满要胖揍一顿鹿安，现在想想简直可笑之极又心有余悸，这才明白刚才鹿安其实对他们已经脚下留情，否则以他们的抵抗力，根本无法承受鹿安任意一脚真正的攻击。

余阮艰难地爬了起来，脸色一阵白一阵红，眼神空洞，应该是还没缓过神来。他的小弟们赶紧过去搀扶，"红头发"最为积极，连连问要不要送他去医院，结果话音未落，脸上就被余阮狠狠抽了一耳光。

"说，你们刚才看到什么了？"

"老大……我看到你和鹿安……干仗了……""红头发"吓得结结巴巴地说，"鹿安他……出阴招打了老大你一下。"

"啪！"脸上又是一耳光。

"说，到底看到了什么？"

"我看到……我看到……""红头发"吓得快哭了，"我也不知道看到啥了……我害怕！"

"哥，别怕！""绿头发"一把抱住他，大喊，"老大，我们什么都没看到，我们今天压根就没过来。"

"对对对，我们什么都没看到。发生什么了？我们这是在哪儿？"其他几个人也反应了过来，一个个扮脑残，翻着白眼抱头鼠窜而去。

6

看着满地狼藉，还有鼻青脸肿的余阮，一时间我突然不知道该怎么办了。

为什么他还不走，他难道还想再挨揍？

余阮显然没有再打的意思，他蹒跚着走到吧台边的一张高脚椅边，斜坐了下来。

"爽……哎哟，好疼……"他对着我和鹿安招手，"鹿安啊鹿安，你下手可真够重的，还愣着干吗？快过来呀！"

热情得好像他才是这里的主人。

人至贱则无敌，我想余阮就是有一种臭不要脸的本领，也不知道天生如此，还是后天养成的。

我捅鹿安，小声说："别过去，他肯定又要耍诈。"

"没事，他不敢了。"鹿安轻轻拍了拍后背，让我放心，然后面不改色地坐到了他对面。

"七七是吧，你也别愣着，给我做杯奶茶呗，"余阮继续对我招手，一脸的亲和，"卢一获说你做的奶茶是全世界最好喝的奶茶，害得我一直惦记呢。"

尽管一听就是鬼扯——卢一获根本就没喝过我做的奶茶好不好，何况她也不可能这么说，但此情此景实在诡异，我还是情不自禁看了看鹿安，想听听他的意见。

鹿安对我微笑，点了点头。

　　"等会儿，"我没好气地对余阮说，"东西都被你搞坏了，我得先收拾下。"

　　"好的，不急，谢谢七七啊！"余阮竟然对我抛了个媚眼，"对了，少糖少冰，可以多放点儿珍珠哦，嘻嘻。"

　　我的天哪，还"嘻嘻"，我真不知道这个人是什么材料做的，都到这种地步了，还可以装作什么事儿都没发生一样要这要那，他这脸皮，得有城墙那么厚吧。

　　我走进吧台里，一边磨磨蹭蹭做奶茶，一边竖着耳朵听他俩的对话。

　　"鹿安，咱哥俩别一见面就打打杀杀的，聊会儿吧。其实我今天过来，找你是有其他事。"

　　嘁，借口，我心里一阵冷笑，打输了就给自己找台阶，你余阮还能有什么事，难不成是要和鹿安合作？

　　"我是来找你合作的。"余阮说得特别真诚。

　　晕，合作啥？一起赚钱吗？

　　"我想和你一起赚钱，赚大钱。"余阮掏出一包烟，自己点燃一根，然后递给鹿安。

　　鹿安当然拒绝了。

　　"放心，这烟没毛病，我这不也抽着嘛！你该不会是觉得这烟太便宜吧？九五至尊，三百多一包，还限量，有钱也不一定买得到，这可是我一个做烟草生意的小兄弟特地孝敬我的，"余阮表情不屑，"就算再有钱的人，这烟都配得上他的身份吧。"

"我不抽烟，"鹿安淡淡地说，"早戒了。"

"烟还能戒掉？不可能吧。"余阮一脸的不可思议。

"很多不可能的事都发生了。"鹿安轻轻摇头，目光悠远。

"也对，还有什么比我们坐在一起聊天更不可能的吗？"余阮嘴角多了一抹自嘲，"看我们现在聊得多和谐。"

"但有些不可能的事永远都不会成真。"

"这话我不爱听，只要我想，越是不可能的事，我越要得到。"

"不，你得不到的，有一天即使你以为你拥有的，你也会发现那根本不是你想要的。"

"是吗？那我倒要试试。"

"我奉陪到底。"

"好极了，咱俩不愧是好朋友。"

"不，我没你这样的朋友，以前不是，以后也不会是。"

"为什么？"

"因为——你不配。"鹿安声不大，却非常坚定，最要命的是，他说的时候还死死盯着对方的眼睛。

我看到余阮瞬间变换了好几种表情，似乎这句话的威力比前面的拳脚还要让他吃不消，我甚至以为他会立即翻脸，可是最后他只是发出无比尴尬的笑声，皮笑肉不笑的那种笑。毫无疑问，这样的回答是余阮最无法接受的，他竭尽全力折腾或许就是希望鹿安能够高看自己一眼，因为他内心深处的自卑。而鹿安就像这世上的另一个自己，他渴望成为的自己，然而鹿安所有的言行都表明了在他的心中，余阮根本一文不值。

一个还在拼命证明自己很厉害，一个已经放下所有外界对自己的看法，这或许就是两人之间最大的区别。那一瞬间，我突然对余阮多了一点理解和同情。

"哈哈，看你说的……呵呵……跟真的一样。"

鹿安始终一言不发，就冷冷看着余阮在他面前尬笑，如果说刚才的武力比拼他大获全胜，现在嘴上的机锋他也取得了压倒性的优势，看得我情不自禁地想给他叫好，真是太太太太解气了。余阮啊余阮，没想到你也有今天吧，老虎不发威，你还真当成病猫了，闹呢！

我将做好的奶茶重重放到余阮面前，结果倒给了他台阶下，他先是低头深深闻了闻，然后用浮夸的表情对我说："真香，一定特别好喝。对了，七七，你有空去看看卢一荻呗，最近她总念叨你，估计是想你啦！"

我看着满嘴谎言的他，刚寻思如何回应，结果他又喋喋不休了起来："不对，我应该让她来看你才是，你对她真心真意，她对你却从来都是虚情假意，依我看哪，这种腹黑的女人压根就不配当你的闺密，你这辈子都不应该再搭理她。哈哈，我怎么什么真话都说，我太坏了！"

我冷冷地说："你确实够坏，卢一荻喜欢你真是瞎了眼了。"

"牛！现在还敢这样说我的人也就是你了，难怪鹿安这么喜欢你，我看你俩真挺配的。"

"余阮，你找我到底有什么事快点儿说，说完了就赶紧走，这里不欢迎你。"鹿安发出逐客令了。

"哎呀，你看我一见到七七高兴得把正事儿都给忘啦！你先别急，让我想想该怎么说啊，"余阮摇头晃脑，挤眉弄眼，语调阴阳怪气，"是这样的，你也看到了，现在这个城市的大哥不再是你鹿安，而是我余阮，我不费吹灰之力便从你手中抢来这一切。我虽然很开心，却怎么也想不明白，为什么那天我如此羞辱你你都能忍气吞声？直到我取代了你才渐渐反应过来，原来你早就不想干了，因为当这个老大实在太累了，正好借机把这么麻烦的包袱甩给我，好自己落得一身轻松，逍遥自在。鹿安啊鹿安，你实在太坏了，比我还要坏，咱俩真的不是亲兄弟胜似亲兄弟，哈哈哈哈！"

鹿安始终面无表情，只是在余阮笑完后才正色问："说完了吗？"

"还没，还没，你让我先笑会儿，实在太搞笑啦！"余阮笑得眼泪都出来了，他一边抹眼泪一边继续说，"刚才你也看到了，现在跟着我的人都是一群什么样的笨蛋，这帮小崽子一个个没什么本事还想过上好日子，奶奶的，真累死我了。可我也不能像你那样不讲究呀，说过的话要负责的呀，所以我还得想方设法赚钱给大家花。喏，你也看到了，在我的治理下，现在秩序井井有条，气象蒸蒸日上。说了你别不服气，论打架看来我不是你的对手，可论当大哥带队伍，我比你不知道高到哪里去。只不过我这么辛苦付出这么多，发现赚的不过都是些小钱，真的很没意思。人的时间和精力都是有限的，你别看现在大家都服我，但个个心怀鬼胎。所以我决定换个营生，趁现在有条件狠狠捞他一把。对，就是这么个意思。"

余阮说到这里卖关子停了下来，故意四下张望，然后压低了声音："鹿安，我的好哥哥，别说弟弟没提醒你，现在最赚钱的事除了抢银行和贩毒，就是房地产了。抢银行贩毒咱也不是不敢，而是没这能力，做了也白扯，想来想去就剩房地产还能搞搞了。说起来咱虽然没做过这行，但我觉得一点儿都不难，房地产开发最关键的因素就是地段，只要有了好地段的地，银行会送上门求你贷款，只要有了好地段的地，你一砖一瓦都不用盖就能卖楼花，最多是投点儿广告费，就能快速回款，可以说是一本万利。试问天下哪还有比这赚钱更快的合法行当？真没了，仅此一家，别无分店。"

余阮说完喝了一大口奶茶："嘿，别说，还真挺好喝，行啊，七七——我刚说到哪儿了，对，我继续啊。说到如何才能拿到好地段的地，这里水就太深了，本来好地段就少，加上前些年疯狂开发，能卖上价的差不多都出手了，现在还能拿得出手的已经所剩无几，就算有一些还在通过公开市场拍卖，要么贵得要死，要么早就内部指派，没钱没关系根本轮不着，所以说谁都靠不住，还得自己找——哎呀，越喝越好喝，七七，劳驾再给我做一杯呗，我打包带回去给卢一荻。"

"等会儿，你先说完我再去做。"听到关键时刻，我当然不愿意分心，这个余阮确实深谙说话之道，尽管我根本就听不太明白，但确实已经被他的话吸引住了。

"得嘞，别忘了就行，谢谢啊！"我的天哪！余阮竟然又对我挤了下眼睛。

鹿安这时却开口了："你不要说了，我已经知道你找我想干吗了。"

"太好了，要不说咱兄弟心意相通呢。没错，我就是看中你家工厂那块宝地啦！"余阮猛地一拍桌子，站了起来，用一种极其亢奋的声调滔滔不绝地说了起来，"你先不要表态，你必须让我把话说完。我知道你家很有钱，但那些钱不是你赚的，你还是得证明自己对不对？现在绝佳的机会来了，放眼全市，像你家工厂那样面积足够大、位置足够好的可开发用地，可以说绝无仅有。现在光地皮就比其他地儿的房价贵，你还用来做厂房简直太浪费了。正确的打开方式应该是立即把工厂拆了搬走，然后统统用来开发成住宅。我算过了，那块地可以分三期开发。每一期的利润至少有两个多亿，三期就是六个亿。六个亿啊，几辈子也花不完，怎么样？咱兄弟也别打打杀杀了，本来也没什么恩怨，神经病啊，小孩子才和钱过不去呢，咱就联手开发那块地，用不了两年，每个人身家都是好几个亿，从此财务自由，走上人生巅峰，那该多牛，哈哈哈，天赐良机，时不我待，鹿安，你没有理由拒绝我的。"

7

拒绝一个人，需要理由吗？

当然不需要。

鹿安，我深爱的男人，除了有着帅气的容颜、健硕的体格，更有着悲悯的情怀、正确的三观，面对挫折时他不气馁，面对胜利时他不骄傲，面对诱惑时他更是不贪婪。他知是非，知冷暖，知善恶，知道自己要什么，更知道自己不要什么，知道应该坚持什么，更知道应该拒绝什么。

我想我将永远都不会忘记那天在奶茶店，当余阮再次展示他过人的口才，滔滔不绝说完他精心谋划的完美蓝图后，看向鹿安的眼神——激动，期盼，甚至，还有点儿暧昧。是的，我分明看到了这一点，以女人天生的直觉，我可以保证狡黠阴险、复杂多面的余阮在那一刻是真实的，更是真诚的，他绝对亮出了他灵魂的底牌，并且处于完全不设防的状态。

因此，也就不难理解接下来的打击对他是多么致命。

因为我和他都无比清晰地听到鹿安冷冷地说："我不会答应你的。"

时间不再是凝滞，而是完全静止，我感觉浑身的毛孔都张开了，心已经跳到了嗓子眼。

"为什么？"余阮脸上的笑容还在，但声音已变得极冷。

"还是那句话，你不配。"

是的，你不配和我合作，仅此而已。

死刑已经宣判，一切到此为止。

这一次，余阮没有再尬笑，他的脸色变得特别阴森恐怖，眼神如同死亡般黯然无光。

我知道他此刻的内心仿佛正承受着凌迟，被鹿安彻底否定，是他人生永远无法承受之重。

我想我能够明白这种感觉。接下来余阮会说什么，做什么，他会不会疯掉？

"鹿安，我可以再给你一次反悔的机会。"说这话的时候余阮已经开始全身急剧颤抖，事到如今，他还在妥协，我突然有点儿同情余阮。

"不需要了，如果你没有其他事，就走吧。"鹿安做了一个送客的动作，别过脸去，再不看他一眼。

"很好，非常好，"余阮缓缓点着头，眼神空洞，声音里透露出绝望的味道，"鹿安，这段时间我本以为我变得更懂你，你也更懂我，我们可以换一种方式相处，甚至可以联手做很多事让别人羡慕，现在看来，是我天真了。不过你记住，我余阮想做的事一定会做成，所以你一定会答应我，而且，是你求我。"

说完，余阮转身离开，临走前看了我一眼，那意味深长的眼神让我不寒而栗。

8

若不是那满屋的狼藉，我真不敢相信刚才竟然发生了那么多事。而我的心情也变得特别复杂，特别奇怪，特别脆弱，比如我明明不想哭，但眼泪还是无法自控地流了下来，而且是不可遏制的那种。

鹿安见状赶紧放下手中的活儿过来抱住我，在我耳边柔声安慰："七七，不要怕，我在呢。"

"我不怕，我只是想哭，"我抹眼泪，却越抹越多，"我其实挺高兴的，你做得很好，特解气，要是早点儿这样就好了，你也不至于受那么多委屈。"

"对不起！到底还是把你卷入了这场无妄之灾，让你受惊受累了，"我分明听到鹿安如是对我说，然后是一声长长的叹息，"这些日子我一直拼命退避、忍让，就是怕连累到你，可现在看来好像怎么都无法避免。"

"你快别这么说，我知道你宝贝我，但我也想让你明白，既然这一切无法避免，我们就一起面对好了，不管未来有什么挑战，我都不会让你一个人孤单承受，如果这一切真的都是命，就让我们同进同退，好吗？"

"好，该来的挡不住，该躲的也躲不了，我们一起面对。"鹿安仿佛做好了决定，眼神也变得坚毅起来。

"就是，我们都要高兴些，今天你可是打了个大胜仗呢，真想不到余阮会如此不堪一击，"我突然想起来什么，欲言又止，"既然他根本就不是你的对手，为什么那天……"

"那天我很尿是不是？"

"倒也谈不上尿，只是我们都不明白你为什么要那样做，虽然我知道你肯定有自己的苦衷。"

鹿安坏坏地笑了笑："我累了，我想把包袱丢给他呗。大家不都这么说吗？"

我毫不犹豫地摇头："不对，这不是真的。"

"为什么？"

"因为你不是这样的人啊，我记得很清楚，那天事发之前，你还一直对我强调，你会对兄弟们负责的。"

鹿安陷入沉思，好半天才说："嗯……大禹治水的故事你听过吧？"

"当然了，小学课本上就有的，"我的眼前突然一亮，"你是说，遇到问题不能堵，而是要疏？"

"只有这样，很多问题才能爆发，他们也才能看清楚很多事，心中才会有答案，堵着，只会越来越麻烦，最终真的会覆水难收，"鹿安点点头，"我们弟兄之间的问题其实已经积淀很久，而且矛盾非常尖锐了，即使没有余阮，我也一定会去做变革。余阮的出现，只是加速了这个过程，改变了一些方式而已，和大局无关。"

我突然浑身起了一阵寒意："我能不能这样理解，余阮其实只是你手中的一颗棋子，被你因势利用了？"

鹿安没有直接回答，他看向了别处，而目光再次变得悠远起来。

过了好半天才仿佛自言自语般地感慨："真正的敌人，要比他可怕一百倍，我必须做好最充分的准备，这仗，不好打。"

"那你现在知道怎么做了吗？"我又情不自禁紧张起来，为什么他们的世界会这么麻烦？

"放心吧，那些都还有时间，我们先集中精力把眼下的麻烦解决了，"鹿安回过神来，表情认真地对我吩咐起来，"从现在开始，你除了在学校和家里，其他时间都不要单独外出，如果要去别的地方，都必须提前告诉我，我会守护在你身边，万一遇到什么意外，第一时间联系我，或者报警，听到没？"

"放心吧，我又不是三岁小孩子，我很聪明的有没有？"我强作欢颜，"反正余阮想通过伤害我来要挟你，门儿都没有，哼！"

9

有句老话说得好：不怕贼偷，就怕贼惦记。

我觉得这句话不对，应该是：怕贼惦记，更怕贼偷。这便是那天余阮走后我的真实感受——虽然我嘴上装作不在意，但内心充满了恐惧，我知道自己已深陷危险之中，虽然有鹿安的保护，但每每想到余阮那阴森邪气的脸，以及最后那意味深长的眼神，还是会不寒而栗，整个人立即不好了。

我谨遵鹿安的嘱咐，行为上倍加小心，在学校里就是教室和宿舍两点一线，如果放学后要回家或者去奶茶店也会提前告诉鹿安，等他来接我才离开。也就是说一天二十四小时我都不会离开熟悉的环境和人群，因此就算余阮真的有所企图也根本没机会——除非他公然劫持，那当然不可能了，虽然我现在的生活已经挺夸张了，但还不至于像电影里演的那样。

如此高度戒备地过了两周后，我突然意识到很有可能小题大做了。因为余阮那边完全没有任何动静，甚至连上门滋事的小混混们也都消失不见了，而那天余阮被鹿安打败的事也已经开始在社会上流传，并且同样被添油加醋演绎成了好几个版本。听说余阮因此恼羞成怒，内部狠狠惩治了好几个人，并因此大失人心。按照余阮睚眦必报的性格，决计不可能到现在都无动于衷，因此只有两种解释：

第一种，他深知和鹿安的差距实在太大，内心已经惧怕，故不愿再和他正面为敌，从此各自安好。

第二种，他依然想着报复，但苦于没有更好的机会，所以只能暂时蛰伏。

而不管是以上哪种原因，似乎都表明，在这个看上去最危险的时刻，其实并没有那么严峻，我们在行动上可以继续警惕小心，但心态上其实大可不必太过风声鹤唳，否则真的太累了。

如此这般的推测多少让我透了口气，接下来一个多月的平静似乎也印证了这个观点的正确性，以致当那个猝不及防的电话响起时，我压根没有意识到危险已经正式降临。

10

电话是卢一荻打给我的。

是的，卢一荻，这个曾经世上除了父母至亲外我最在乎的人，在我认为我们已经将彼此遗忘的时刻，竟然主动联系我了。

我给她设定了独一无二的来电铃声，那是 16 岁那年我们一起旅行时录制的欢笑，来电显示头像也是那次拍摄的合照，照片上的我们做着鬼脸，笑得没心没肺，那是我和她关系最为亲密的时候。后来不管我换了多少次手机，她的来电铃声和头像始终没有变过，一如她在我心中的位置。只可惜，如此牢固的情感，也敌不过她的无情冷漠，而这个铃声和头像，也有了小半年光景的沉默。

因此，当那既熟悉又陌生的铃声突然响起，手机屏幕上出现我和她的那张亲密合照时，我竟然一时间恍惚起来，感觉像在梦境中。

她怎么可能主动联系我？一定是拨错了。

我怔怔看着那张照片，直至第一遍铃声完整响过。

手机恢复沉默，心中怅然若失，看，果然是误拨，不过她的手机里竟然还保留着我的号码，还算不错。

我收拾好纷乱的心情，准备上课，刚走出宿舍楼，铃声再次响起——还是卢一荻。

看来她真的是在主动联系我，可是她找我能干什么？

难道和余阮有关？

我的心一阵慌乱，迟疑着接通。

　　"七七，是我，卢一荻。"虽然我们已经好久没有说过话，但她的声音无比熟悉，特别是喊我的那声"七七"，更是倍感亲切，我的心一暖，蓄积已久的冷漠顿时荡然无存。

　　"我知道，我又没变成白痴，难道你的声音都听不出来吗？"

　　"我以为你把我号码删了呢。"她好像有点儿紧张，是因为理亏吗？

　　"我为什么要删你呢？难道……你做了什么对不起我的事？"我的话好像有点儿刻薄呢，不过我就是想这么说。

　　"你是七七吗？"她竟然如此问，真是莫名其妙。

　　"啊！你什么意思？"我故意把音调提高，装出毫不在乎的口吻，"哦，明白了，原来是你把我电话删了，嗯，挺像你的风格。"

　　她没有再和我打嘴仗，而是问："你最近还好吗？"

　　"好得很，身体倍儿棒，吃嘛嘛香，怎么啦？请问你是在关心我吗？"

　　"七七，我现在能见你吗？"她没直接回答，而是顿了顿，迟疑却清晰地说，"我……想你了。"

　　如果说刚才我还能佯装无所谓，言语尽量轻佻，可在听完这句近乎告白的话后，我瞬间便丧失了装腔作势的能力，眼睛、鼻子一起酸了起来。

　　好不真实啊，卢一荻竟然说她想我了。卢一荻从来就没有这样对我说过，十年的相依相偎，主动的永远都是我，她从来只是不拒绝而已，可现在，我们已经这么长时间不联系，变得比陌生人还要疏离，她却告诉我，她想我了。

宛若沉冤得雪，我不知道该怎么回，我只是很想哭。

耳边传来她的声音："可以吗？"

我收拾起感伤，轻声却很坚定地拒绝："现在不行，我还有课。"

她却也坚持："可以翘课吗？我有一些事想要告诉你。"

我一激灵："什么事？就这里说吧。"

"电话里说不清楚的，"她分明叹了口气，"这些话我憋在肚子里很久了，原本以为永远都不会讲出来，可这段时间发生了这么多事，我的心态也变化了很多，想来想去，还是觉得应该亲口告诉你，不管如何，你都是我生命里最重要的人之一，我希望你幸福，真的。"

我必须承认她的这番话对我的震撼是巨大的，不只是感动，还有好奇。卢一荻的个性我太清楚了，对别人她可以逢场作戏、谎话连篇，对我却不会，不是不能，而是不屑，因为她知道我对她有多好，所以她不需要讨好我，现在她突然这样表达，就一定是自己心中真实的想法。可是，她要告诉我的话究竟又是什么呢？我怎么也想不出。

总之，她成功打动了我，只是我的理性并没有完全丧失，沉默了片刻后我问："那你想在哪儿见面？我们学校有个咖啡馆……"

"我们去老地方吧，我好久没去了，挺怀念的，"卢一荻打断了我，然后用坚定不移的口吻说，"我现在就过去，在那儿等你，不见不散。"

11

很多年后我总想，为什么我们会对故人念念不忘，只因交会的成长中有着太多共同的回忆，而组成回忆的则是一首歌、一种味道，以及一个承载这些回忆发生的地方，那便是每个人内心深处的老地方。

我和卢一荻、陶梦茹的专属老地方就在城北地带一处城中村的废弃院落，那是陶梦茹和她妈妈刚来到这个城市时发现的。说来也奇怪，那地儿其实离市中心并不远，但特别静谧，用人迹罕至形容也毫不为过，院子的外墙上写了很多"拆"字，但十多年了一直都没被拆掉，就仿佛被世人遗忘了一样。又有传闻说那里闹鬼，房主的女儿在出嫁前夜莫名上吊自杀了，从此成了凶宅。对于这些传闻我一度信以为真，所以刚开始特别害怕去那里，可卢一荻和陶梦茹都不怕，非但不怕，还觉得那里无人问津特别好，这样就没有人会打扰到我们。记得小时候每次去"探险"时，我都吓得瑟瑟发抖，紧紧拉着她俩的衣服跟在身后，生怕女鬼从哪里冒出来，可她俩却能够谈笑风生，还大声说："女鬼女鬼在哪里，我想和你做朋友。"

现在想想，年少的卢一荻和陶梦茹对生死一定有着和常人不同的感悟，所以才能表现得如此无畏，而我如果不是太看重友情，太想和她俩在一起，可能一辈子都没有胆儿踏进去半步。后来去得多了也就变得麻木，甚至开始享受起那里的安静，特别是午后，阳光从高高的围墙上打进来，将昏暗的院落点燃，空气中弥漫着不知道哪个年代的味道，身处其中有种宛若穿越时空的感觉。

　　从小学到中学，我们三个人经常在那里约会，那里成了我们的秘密花园，可以容纳我们所有的小小秘密，更是留下了无数难忘的回忆。只是一切早已物是人非，陶梦茹走了，我和卢一荻也分道扬镳，从此我就再也没有去过那里。而现在，卢一荻约我到那里见面，显然是想重拾旧情，我真的无法拒绝。

　　我决定翘课赴约，临行前给鹿安发了信息，很快收到他的回信：能不能别去？我想了想，骗他说已经出发了，我真的很想见卢一荻，聊完后会立即回学校的。鹿安当然不放心，问我要了老地方的位置，说自己正在外面，等会儿完事后就直接赶过去，守护在附近，如果我有什么事，立即通知他，他会立即出现。

　　和鹿安说完后我的心情好极了，感觉所有的好事都涌了过来，我小跑着奔出校门，然后打了一辆车，直奔我们的老地方。路上我给自己化了个淡妆，然后一直期盼着快点再快点，这才意识到，我究竟有多么想见卢一荻，更加明白，原来我对她的感情一直都在，只是被我刻意隐藏了起来，现在闸门一旦打开，只会更加汹涌澎湃。

　　很快，出租车停在了城中村附近，下车后我微笑着往里面奔跑，远远便看到那处废弃的院落门口，站着一个长发飘飘的女孩，女孩皮肤白皙，很瘦很高，身材极好。女孩对我微笑，张开怀抱，我情不自禁迟疑了零点零几秒，然后同样张开双臂，冲上前去，和女孩紧紧相拥。

　　就这样，我和卢一荻莫名其妙分开好几个月后，又莫名其妙和好，这中间好像已经天翻地覆，又好像什么都没有发生，而不管这个过程有多奇妙，结果多不合理，其实都很符合女生之间的友情。

12

那天从见面后，我们的手就再也没分开过，仿佛连体儿，我们坐在小时候经常坐的台阶上，一人一支棒棒糖，也和小时候一模一样。

在老地方，当然要怀旧。

卢一获微笑看着我，开始慢慢回忆："记得 13 岁那年夏天，我和妈妈大吵了一架，然后离家出走，把她吓坏了，怎么也找不到我，以为我死了呢，其实我就躲在这里，每天你都会给我送吃的，所以我一点儿都没饿着。"

"哈，这事你还记得这么清楚，别说你妈了，我都快被你吓死了。我劝你早点儿回去，你偏不肯，说就是要让你妈着急难受，搞得我特不理解，"我将目光从她身上移开，看着眼前的破败，"白天还好，晚上你也睡在这儿，就不怕遇到坏人吗？那几夜我没一夜能合眼的，都在担心你。"

"瞧你那小胆儿，我就是坏人，有什么好怕的？"卢一获看着我直乐，"我睡这里还挺舒服的，反正夏天也不冷，就是蚊子多了点儿。对了，你说当年怎么就忘了让你给我带个蚊香、花露水什么的。"

"哈，给你带张床算了，你还真当度假啦……后来你妈实在找不到你，就报了警，警察也不知道从哪里得到的线索，一下子就找到了这里，结果发现你完好无损，好像还胖了点，精神也特别好。"

"对对对，确实有这回事，警察肯定特纳闷：奇了怪了，一屁孩儿没吃没喝过了好几天，啥事儿没有怎么还胖了呢？他们怎么也想不到我不是单独行动，我这儿有同谋呢——对了，说到这儿，我一直都怀疑是你告密的哦，否则怎么可能那么容易就找到我。"

"啊！怎么可能嘛！"我叫了起来，"原来你一直都这么想的，怎么从没问过我？"

"以前不方便问嘛。"

"喊，有什么不方便的。"

"就是问了你肯定会不高兴，你那么爱掉小脸子，再说了，如果真是你告密的，你也不能说呀。"

"我对灯发誓，我绝对没有说，警察叔叔应该是调监控了——哎呀，这里好像没有灯，那我就对墙发誓吧。"

"哈哈，谅你也没这个胆儿，还是警察叔叔牛。"

"那必须的，否则怎么当我们的警察叔叔呢。"

"就是，就是，你还记得吗？小时候你说你长大了想嫁给警察叔叔呢。"

"有吗？我忘了。"

"当然有了，你还记得原来咱小学门口总有个交警，胖乎乎的，你每次见到他都会脸红，我和陶梦茹都觉得你喜欢他。"

"拉倒吧，梦茹才不会这样想呢，你以为个个都和你一样早熟啊，你那个时候都谈过好几次了吧。"

"还行吧，那时候啥也不懂，瞎谈呗——咦，你不是都知道吗？"

"嗊，我以前最傻了，总觉得你的事我都知道，其实我知道的只是冰山一角，"我撇嘴，"倒是我，没心没肺，真的是什么都和你说。"

"没那么夸张啦，你太敏感，"卢一获似乎有点儿尴尬，转移了话题，"初三那年，你被欺负了，我把欺负你的人约到这里，狠狠揍了一顿，还记得吧。"

"嗯嗯嗯，当然忘不了，那个女生好胖的，简直比我们加起来还重，可是你一点儿都不怕她。"

"我当然不怕了，打架又不是靠体重，靠的是这里，"卢一获指了指自己脑袋，"你别看她平时在学校张牙舞爪，其实就是纸老虎，所以我上去就揍她，她吓蒙了，完全不敢还手，还哭，鼻涕流了一脸，说回去要告诉妈妈。"

"对对，后来她不服气，叫了好多人过来和我们约架，还有好几个男生，我们就三个人，以为肯定要挨揍了，结果那些男生见到你后，根本就走不动道了，哈哈，回去后好像有一半给你写情书了呢，把那个胖女孩气死了。"

"什么叫一半？是全部好不好。那些男生，个个幼稚得要命，偏偏还都很臭屁。"

"是啊，那时候的我们多好，多开心，"我看着卢一获，鼻子突然一酸，"也不知道怎么就变成了现在这副模样。"

沉默，尴尬的沉默。

从见面到现在，我们之间第一次变得相对无言。

过了好一会儿，卢一获突然问："你真想知道吗？"

"想啊！"

"因为——我讨厌你。"卢一获的表情一点都不像在开玩笑。

"我知道啊！"我的心一沉，却装作无所谓地说，"你刚和余阮在一起时我就知道了。唉！那个人太坏，控制欲还特强，你被他洗脑了。"

"不，和他无关，我是真的讨厌你。"我分明很清楚地听到卢一获又重复了一遍。这一次，我没法再给自己找台阶，只能怔怔看着她，听她说着让我最无法面对的那些话。

"七七，你知道吗？你是我最好的朋友，却也是我最讨厌的人，因为你总是那么幸福，那些我拼命争取都得不到的幸福你却唾手可得，所以你在我面前有着明显优越感，而和你在一起我特别自卑。我甚至怀疑你和我做朋友就是为了彰显你的优越感，我们越亲密就只会让我越痛苦。我们好了十年，我也整整痛苦了十年。十年来，我一直想着离开你，可是我又舍不得，怕离开了你，我连假装幸福的机会都没有了。就这样我一直纠结着，痛苦着，直到后来我有了余阮，突然觉得自己不怕了，我终于敢主动拒绝你的恩赐，可以好好做自己，所以，我毫不犹豫地离开了你。嗯，就这样。"

卢一获说完长长舒了口气，然后含笑看着我，似乎在等我的反应。

我酝酿了半天，最终不过是一句简单至极的"对不起"。

我都这样伤害她了，除了对不起，还能说什么？就算可以，也没有意义。

只是我的反应显然让她很吃惊，卢一获眼圈瞬间红了："七七，我对你那么冷漠，那么无情，你为什么不恨我？不骂我？如果你也讨厌我，我就解脱了。"

我苦笑："因为我不是你，我做不到，不管你怎么对我，在我心中，你永远都是我最好的朋友，真的。"

"其实我今天能够把这些说出来，就表示我真的放下了，"眼泪从卢一获的眼眶里滑落，她缓缓伸出手，将我紧紧拥抱，在我耳边哽咽说，"七七，谢谢你，不管我做什么，你总是包容我，不管我犯了什么错，你总会原谅我。只有你才是真的对我好。"

"嗯嗯，过去的就让它过去吧，我们都要向前看，"我轻拍她的后背，"好啦，别哭了，快说你今天找我究竟有什么事吧。"

"我刚才已经说完了。"

我摇头："不可能，你找我不是想说这些。"

她笑了："为什么？"

我也笑："因为我们是最好的朋友呀，因为我了解你。"

"好吧，七七，你真的变了，"她松开胳膊，眼神真挚且坚毅地看了我好一会儿才缓缓问，"你能不能和鹿安分手？"

对她提出的这个要求，我根本一点都不惊讶，但还是忍不住在拒绝前问一句："理由？"

"因为他会连累你，会害了你，因为你是我现在唯一的朋友，我不希望你因他而受伤。这理由……充分吗？"

我点头，顾左右而言他："记得大半年前，好像就是在这里，你突然告诉我你有了那个人的孩子，你哭着说自己好痛苦，不知该怎么办。我当时特别难受，不只是因为你受了伤，而且是在我眼里从来不服软，更不会没主意的卢一获竟然也迷失了方向。我告诉你，不要怕，有我呢，我会借钱给你看病，还会去找那个浑蛋为你讨个公道，总之，不能就这么不明不白让你受到伤害……"

"七七，你别说了，我知道你什么意思，我也明白你不是朋友有难自己就撒手不管的人。可这次情况不一样，会出人命的，"卢一获打断我，语气急切，"真的，余阮已经丧失理智了，他疯了，为了征服鹿安，他什么事都做得出来，我阻止不了他，所以只能来尝试着劝你，鹿安和我没关系，但你不一样，我不能眼睁睁见到你被他们毁掉。"

"那个人的确是个疯子，我真不明白他已经得到了他想要的一切，还有什么不满足的。"

"很简单，每个人都有自己的心魔，余阮的心魔就是鹿安，他终极目标其实就是想变成另一个鹿安，可是他发现自己虽然有钱有势了，但永远都成不了鹿安，所以他一定要毁了鹿安。只有这样，才能真正获得解脱。"

我看着卢一获："你知道前阵子他去找鹿安谈合作的事吗？两个人还狠狠打了一架。"

“当然知道，他输了，还被鹿安拒绝了。”

“嗯，当时我在场。刚才你说的那些我也隐约感觉到了，可我又觉得会不会是我们想多了，因为通过这次和鹿安直接交手后，他其实已经明白鹿安是他永远无法企及的那个人，所以他会逃避，甚至放弃，事实上他最近就收敛了很多。”

卢一荻突然笑了，边笑边摇头："不会的，你太不了解余阮了，他是那种不达目的誓不罢休的人，只是他能忍，更能等，等到最好的时机才出手，只要他出手了，那么一切都没法避免了。七七，我真的不想见到你被他伤害的那一天。"

“荻，我知道你是为我好，有这个，我就心满意足了。不过我真的不能也不会答应你，"我无比认真地对她一字一字地强调，"我爱鹿安，我是他的女朋友，不管发生什么，我都会一直在他身边，这是我必须做也一定会做的事，他也一定会保护好我，我们会同进同退，永不分开。"

“可是……”

“没有可是了。如果我现在让你离开余阮，因为他是个神经病，将来他会不得好死，跟着他你不会有好下场的，你愿意吗？”

“我愿意！但前提是我这样做对他有帮助，这才是真正的爱，”卢一荻想也没想就斩钉截铁地回答，"七七，我知道你很爱鹿安，可你有没有想过，现在你在他身边只会成为他的负担，因为你的存在，更是让他多出了很多破绽，你俩在一起不是相互成全，而是相互拖累。"

　　我愣住了，突然不知道如何作答——她说的其实很对，我也一直明白，只是始终不愿面对。

　　"如果我是你，我现在会毫不犹豫地主动离开鹿安，让他了无牵挂，这才是真的爱他。"

　　"然而你不是我，所以并没有可比性，"我苦笑，"我们每个人的感情都有自己的苦衷，只能冷暖自知，各自安好。不管如何，我还是坚信自己内心的选择。珍惜眼前人比什么都重要，不是吗？"

　　"是啊，我不是你，余阮也不是鹿安，"她也苦笑，"说来说去，你还是比我幸福，至少你和鹿安深深相爱着，而我就算愿意为了他主动放弃和牺牲，他也不会有半点感动，更不会为我改变一点点，他真的太自私了。"

　　"那你有什么打算？总不能就这样不明不白地耗着吧。"

　　"不然呢？我爱他，又离不开他，还能有什么办法？"她笑得更凄凉，"我和你不一样，我本来也没什么希望，就耗着呗，走到哪儿算哪儿。"

　　"唉！何必呢……"我是真的心疼，为什么大家都是真爱，却又都爱得那么难？

　　"不过现在已经比以前好很多了。至少他懂得主动关心我，也愿意听我一些建议，哪怕是装模作样，也比原来那样完全不近人情要好，"她终于露出了一点欣慰的笑容，"就像这次他答应我，如果我能说服你离开鹿安，他就会放过你，如果是以前，我根本就没可能争取到这样的机会。"

我的心一沉，突然感觉浑身发冷，声音都颤抖起来了："你是说，他知道今天下午你要和我见面？"

"对啊，如果他不点头我哪敢找你，被他知道了不活活打死我才怪，"卢一荻满脸疑惑，"怎么了？"

我瞬间恐惧到极点，顾不上解释，拿出手机想通知鹿安赶紧过来。

电话很快拨通，可是一直在响，却始终无人接听。来不及多想，我甩开卢一荻的手，奋力往外跑。

可是已经来不及了——我分明看到余阮笑嘻嘻地从门口走了进来，像一头野兽，无声无息地径直扑向了我。

"你怎么来了？"卢一荻站了起来，惊愕的表情不像是伪装，我相信她是被利用了。

余阮根本不回答，甚至连看都懒得看她，就那样摇摇晃晃走到我面前，嬉皮笑脸地说："七七同学，你好啊，我们又见面啦，请问和卢一荻聊得怎么样啊？"

卢一荻冲到我面前，用手护着我："余阮，你要干吗？你答应我不伤害她的。"

"滚开！"余阮突然一个重重的耳光抽在卢一荻脸上，"臭婊子，吃里爬外！"

我顾不上搀扶应声倒地的卢一荻，连连后退，同时继续不停地拨打鹿安的电话。

手机还在呼叫，却始终无人接听，鹿安仿佛从这个世界消失了一样。

鹿安，你到底在干吗？快接电话啊，我害怕！

余阮一步步逼近，脸上的笑容越来越邪性，越来越恐怖。

"鹿安！"我突然大叫了起来，"快过来啊，你在哪儿？"

"别喊啦，他根本不在这里，否则我能出来吗？"余阮笑得开心极了，"他去了一个更重要的地方，要去保护一个更重要的人。就算他有三头六臂，现在也赶不回来咯。"

"草莓！"我突然明白了，狠狠瞪着他，"你对草莓姐做什么了？"

"放心，那个女人死不了，再说了，她本来就和死了差不多，唉，真不知道鹿安为什么还要那么稀罕。"

"你好坏，你不得好死。"

"七七，你这样说就不对了，"余阮皱了皱眉，很认真地说，"真不能怪我，是你的鹿安太多情，像他这样自以为是的人，被我打败只是迟早的事。"

我一边后退，一边悄悄在手机上输入110，试图报警。可还没来得及拨打，手机就被他抢了过去。

"都这个时候了还想报警？你可真够天真的，"他瞬间变得狰狞，对我咆哮，"告诉你，这个世上除了鹿安，没有谁真正能够保护你，现在你就认命吧。"

我已经被逼到墙角，无路可逃，没了鹿安，又报不了警，只剩下死路一条。然而令我和余阮都没想到的是，卢一荻突然从地上爬了起来，疯了一样从背后死死抱住了他，然后对我大喊："七七，快跑！"

我来不及多想，拼命往门口冲去，只要我能跑出去，我就可以大声呼救，就可以逃离魔爪。

十米，八米，五米，三米……大门近在咫尺，可就在我行将迈出之际，我的后脑突然遭受重击，眼前顿时一黑。

"鹿安……救我。"我喊出这句后便重重摔倒在地上，再也说不出话来。接下来，我明明闭着眼睛，却分明能看到余阮恶狠狠地将我从地上拎了起来。我明明没有晕厥，可大脑很快一片混沌，我看到混沌的尽头有一条闪闪发光的时间隧道，隧道的尽头则是上次醉酒后的虚幻梦境。我蹒跚着穿过隧道，看到了那个正为失去友情和爱情而极度痛苦的自己，于是这些天明明经历了天翻地覆，却仿佛什么都没有发生。

SCENE

8

STRAWBERRY
草莓

卢一荻

——

第八幕

完美伏击

这是一次堪称完美的伏击。

余阮这只荒原上的孤狼，再次展现出他的狡黠，而我则成了他罪恶的帮凶。

我眼睁睁地看着他从我的面前将璐宛溪掳走，我当然不会也不可以就此罢休。

我必须在悲剧真正酿成之前，阻止它的发生……

1

我从来没见过余阮这种濒临崩溃的表情，那是一种从骨子里散发出的绝望。

哀莫大于心死，这个世上，除了鹿安，我不认为还有谁可以将他伤成这样。

他受的伤分为两个层面，首先是身体。身体的伤可以看得很清楚，特别是脸部，青紫红肿，口眼歪斜，很难想象余阮在面对鹿安时竟然会弱到手无招架之力，这对向来在武力上极度自负的他而言，打击之大可想而知。然而这些和他内心看不见的伤相比，根本算不得什么——鹿安不但拒绝了他，而且是以最轻蔑鄙视的方式，这对余阮的伤害，堪称致命。

我清晰记得那个午夜，余阮疯狂敲开我的门，跌跌撞撞地冲了进来，然后重重摔倒在地，像垂死的动物一样挣扎着，看上去又可怜又可怕。他喝醉了，浑身散发着熏人的酒气，不停干呕，却什么都吐不出来。他紧紧抱着我，一会儿目露凶光，一会儿表情忧伤，断断续续将几小时前的事讲给了我听，而在最终昏睡过去前，狠狠撂下一句话："鹿安完了，我一定会搞死他的女人，让他痛苦一辈子。"

我突然觉得既残酷又荒谬，记得最初，他就试图通过伤害璐宛溪来要挟鹿安，后来放弃了，结果兜兜转转，现在又回到了原点。或许，这就是命运的安排，璐宛溪，终究还是成了他们终极一战的棋眼。

我不知道他为什么要告诉我这些，我只知道，我绝不能作壁上观。

不只是为了璐宛溪，更是为了他，以及我自己。

我不认为如果他真的伤害了璐宛溪，自己还能全身而退，他必然会受到法律的制裁。

我不想他的余生在牢里度过，更不想我们本就缥缈的未来彻底荡然无存。

所以，我必须在他动手之前，阻止这一切。

2

想要阻止余阮，绝不是一件容易的事，特别是他动了杀心，更是难上加难。

幸好，我还有时间。

时间不是我争取到的，而是璐宛溪自身——她几乎二十四小时待在学校，即使偶尔外出，鹿安也一直相伴左右，因此余阮根本没有机会去伤害她。

而在度过了最初几天的焦灼不安后，余阮仿佛一下子对这件事失去了兴趣，不但在我面前绝口不提，甚至在团队内部也公开要求任何人不得再去挑衅鹿安，对此，很多余阮的弟兄私下里都说他已经认怂了，因为他很清楚自己根本不是鹿安的对手——尽管余阮对自己被鹿安打败的消息进行了严密封锁，但还是很快就泄露了出去，且在添油加醋后成了所有大小混混们茶余饭后的谈资。他们一致断言现在的余阮要钱有钱，要名有名，已经输不起了，继续和鹿安死磕不但愚蠢，关键还毫无胜算，点到为止是最好的选择，也符合余阮油滑狡黠、唯利是图的性格——尽管余阮还是他们的老大，但越来越多的人开始瞧不上他，想想也挺可悲。

听起来这些人的分析好像有一定道理，但我知道全是错的，他们太不了解余阮了。油滑狡黠只是余阮的保护色，对一个从死亡边缘走过来的人而言，他的内心究竟有多决绝和黑暗，其他人永远无法理解。

所以，面对余阮的按兵不动，我并没有半分懈怠。

可我真的不知道该如何阻止他，直到有一天突然灵光一现：我为什么总要想着从余阮身上入手？为什么不能直接阻止璐宛溪呢？要知道余阮本身和璐宛溪无冤无仇，他之所以要伤害璐宛溪，只是因为他恨鹿安，而璐宛溪是鹿安的女朋友，如果璐宛溪不再是鹿安的女朋友，自然对余阮也就失去了价值，从而变得安全，余阮也不会因此而有牢狱之灾，可谓是两全其美。

这个想法让我眼前一亮，虽然我知道想说服璐宛溪离开鹿安也很不容易，但至少让我看到了希望。

而且，我想这样做其实还有一层更深刻也更隐秘的动机——我想看看在璐宛溪心中，我和鹿安究竟谁更重要。

是的，这似乎很荒唐，可自从我知道璐宛溪爱上了鹿安后，就一直有这个念头，甚至，我现在对她态度上的彻底转变，也和这有着根本的关系。只是原来不知道如何去一探究竟，而现在的境况正好给了我绝佳的契机。

总之，以我和她的十年友情为筹码，我想试试。

3

主意拿定后，我只剩下一个犹疑的地方——要不要提前告诉余阮我想和璐宛溪见面。

我的顾忌在于，如果说了，怕他会不让，可不说的话他早晚也会知道，特别是万一我成功说服了璐宛溪，破坏了他的大事，我敢保证，他一定会弄死我。

思来想去，我还是决定先找他坦白心意。璐宛溪是我朋友，我之前就曾警告过他不可以伤害她，他是答应了的。如果现在我始终无动于衷，反而显得奇怪。至于他同不同意，那不重要，大不了我悄悄行动，也总好过事后让他被动知道。

我决定这样做其实还有一个原因——他最近突然对我变得无比冷淡，虽然此前也算不上多热情，但至少隔三岔五会过来找我聊聊天，甚至让我做几样饭菜，可这段时间他不但再也没有过来，而且面对我的主动关心也置之不理。我问他为什么会这样，他总是推说因为太忙，可事实上，这段时间他根本就没有正经工作，不但没有像从前那样"日理万机"一心想扩大自己的实力和地盘，甚至连他的弟兄们都很少再见到他，就每天躲在别墅里，足不出户，也不知道在憋什么大招。

对此，我开始总以为他是因为受了鹿安的刺激，导致性情大变，把自己封闭起来一心琢磨如何打败鹿安。可慢慢又觉得不太对劲，第六感告诉我他应该是有了新的女人，尽管我还没有找到证据，但这种直觉越来越强烈。好几次我提出要到他那里看看，他都说不方便，我让他过来，他又说没时间，这让我特别抓狂又无能为力，因此我必须找到一件他特别感兴趣的事，让他一定来见我，等见面后，很多疑惑才好当面试探和判断。

果不其然，当我发信息告诉他我的想法后，他很快回复：先别轻举妄动，等我。接着不过半个小时，便出现在我的面前。

他看上去比前阵子更为憔悴，眼睛里布满了血丝，脸上的伤已经好得差不多，但总感觉恢复不到过去的样貌，看上去怪怪的——这其实多少让我心安，因为如果他真有了新的女人，应该不会如此邋遢吧。接着我没等他开口说话，便立即上前拥抱他，倒不是我有多想他，而是我想闻闻他身上有没有其他女人的味道，还好，什么也没闻出来，充斥鼻翼的还是他那独特的味道，我情不自禁深呼吸了好几口，越吸越高兴，或许真的是我多疑，冤枉了他。

"你最近还好吗？想见你一面怎么那么难？"我委屈极了，"我恨死鹿安了，都是他把你害得这么惨。"

"那你还想劝那个璐宛溪离开鹿安？"他冷笑，"脑子被驴踢了吧。"

"她是她，鹿安是鹿安，我要帮助的是我朋友，至于你怎么对付鹿安，我管不着，也不会管。"

他死死盯着我，过了好一阵子才缓缓说："你真要这么做？"

我心里很怵，嘴上却坚持着说："是的，我必须这么做，这对她，对你，对我，都是最好的选择。"

"好，那你去吧。"谢天谢地，他竟然同意了。

"知道为什么我不阻拦你吗？"他突然问，然后不等我回答，自说自话，"因为你根本做不到，去了也是自讨没趣。"

"我知道，可是我还是想试试。"

"想试试在她心里究竟是你重要还是鹿安重要对不对？"他竟然连这个都猜到了，"你可真够愚蠢的，连这个都要比，结果有那么重要吗？"

"不重要，但我就是想知道，"我不想否认，"反正你现在也不在乎我，我自己找点儿乐趣，不行吗？"

"行行行，想要自取其辱没人拦着你，"他死鱼般的脸突然绽开了一道笑容，"放心吧，等你想哭的时候，我不会见死不救的。好了，我该走了。"

"等会儿……你才刚来，"我几乎是在恳求了，"一起吃个饭吧，我菜都买好了。"

"不了，还有好多事要处理，挺棘手的，"他皱了皱眉头，"那个甄帅……"

"甄帅怎么了？"我赶紧问。

"哟，你还挺关心他的嘛！"

"不可以吗？毕竟是老熟人，关心一下很正常——你快说他怎么了。"

"也没什么，就是上次他被我打败后，不死心，自己拉了几个人成立了一个新帮会，到处和我作对，本来我也没放在眼里，但现在越来越猖獗了，我得好好想个法子治治他。"

"哦，那你注意点，多加小心。"

"哈哈，我看你应该叮嘱下甄帅才对，你们是老熟人嘛，应该多多关心。"他说这话的样子终于变得和原来一样，虽然听着很不舒服，但又觉得亲切。

我好想对他说：我不会关心别人，我只在乎你。可是我的性格不允许我这样说，就像我那么想他再待一会儿，可当他再次提出要走的时候，我还是狠着心点了头。

"去吧，去吧，赶紧消失，"我强忍着哭意，装作不在乎地说，"我这就去找璐宛溪，你等我的好消息。"

余阮停下脚步，回头，抬手，眯眼，对我做了一个瞄准射击的动作，然后吹着口哨，走了。

我跌坐在地板上，缓了好一会儿，拿起手机，给璐宛溪打电话。

我想告诉她，我要见她，就现在。

电话始终无人接听，我就一直打。余阮对我已经很无情，我不能接受璐宛溪也拒绝我。

谢天谢地，她终于接听了起来，声音听上去还挺热情，也不知道她究竟是从来没生过我气还是已经走出了阴影，平复了心情，变得无所谓。

在我小心翼翼提出见面的要求后，她拒绝了，这很正常，如果换作我，一定会觉得对方是神经病。

可是我同样不想放弃，我拼命争取，说了很多，也不知道哪句话打动了她，总之，她开始迟疑起来，并且最终答应了和我见面。

她问在哪儿见，我毫不犹豫地说：老地方。

我知道，这会让她更加无法拒绝，因为那里有着我们太多的共同回忆，在那里，我对她的劝说将会效果更好。

　　果然，她变得更为激动，决定立即出来，一分钟都不愿意浪费。

　　对于她的反应，我特别满足和欣慰，因为不管过了多久，我做了多少让她伤心的事，她其实还是和从前一样，永远都不会拒绝我，永远都可以被我掌握。

　　这种感觉真的特别好。

　　挂了电话，我简单收拾了下，然后出门，打车前往我们的老地方。

　　可能当时我的心情太过愉悦，以致放松了警惕，根本没有留意到身后有双狼一样的眼睛，正悄悄凝视着我，散发着瘆人的寒光。

　　## 4

　　老地方离我那儿不算远，很快我便到了，坐在废弃院落门口的台阶上，一边等待着璐宛溪，一边回想着在这里发生过的点点滴滴。

　　说起来，这里还是陶梦茹发现的，当年她和她妈妈流浪到这个城市，居无定所，曾在这里借宿过一阵子，那时候还住着一些乞丐，可后来慢慢就没人敢待在里面了，因为闹鬼，特别骇人。每次陶梦茹讲起这段往事时璐宛溪都会吓得脸色煞白，可是我根本不害怕，非但不怕，还故意拉着璐宛溪的手钻进老宅最深处，躺在那张残破的木头床上，翻着白眼，吐出舌头，嘴里念念有词：我就是女鬼，女鬼就是我。每每这个时候，璐宛溪保准能被吓哭。而陶梦茹从始至终就站在一边微笑着看着我们打闹，于是我知道，其实她也一点儿不害怕，甚至，比我更勇敢，因为，她连伪装都不需要。

自从发现了这个"秘密花园"，我们经常放学后先来这里待会儿才回家，也没什么事，就是觉得很安静，没有人打扰我们，可以尽情地大声聊天，将白天学校发生的八卦通通再说一遍。我们还会在这里恣意点评班上每个男生的优缺点，并煞有介事地分析到底能和谁一起，不能和谁一起，特别有意思。

后来，爸妈离婚后，我和妈妈的关系越来越不好，离家出走成了我的家常便饭，老地方成了我的收容所。这里很隐蔽，加上闹鬼的传闻，一直无人问津，躲在这里根本不用担心被发现。每次璐宛溪都会给我买来很多好吃的，等我吃饱了，喝足了，气儿也消了，再大摇大摆地走出去——因此对我而言，老地方有着不一样的感觉，很多时候在这里会感觉像回到了家，特有安全感。

再后来，老地方像这个城市的很多老旧小区一样，围墙上被写上了大大的"拆"字，为此我们三个人一度很伤感，因为这里对我们而言已经不只是一个物理空间，更多的是精神家园。然而说来也奇怪，几年下来，老地方的外围几乎已经被拆得精光，可这个老宅子始终还在，或许真的有女鬼在守护吧。不过我知道，早晚这里还是会被拆光重建，毕竟我们脚下的这块土地和这个时代的任何一座城市一样，每天都在发生着日新月异的变化，地上修着高架，地下通着地铁，数不清的高楼大厦平地而起，从此家乡变成了异乡，我们通通生活在了别处。

只是来不及再多伤感，璐宛溪便已经到了，远远地，我们朝对方张开怀抱，微笑着给彼此一个大大的拥抱，然后手拉着手，走进老宅，走进了我们共同的回忆。印象中，我们许久没有像那天下午那样闲聊了，可能是太久没有在一起，我们的情绪都很高昂，感情都很真挚，一边怀旧，一边调侃，欢声笑语始终围绕着我们，过往的不快，好像从未发生过。

当然，我不会忘了见她的根本目的，只是始终找不到合适的开场白，最后倒是她主动问了起来，于是我赶紧将我的想法和盘托出，然而，她毫不犹豫地拒绝了。

对此，我并不意外，我已经做好了充分的准备，动之以情，晓之以理告诉她必须离开鹿安的原因。说到这里，我不得不承认璐宛溪还是变了，她变得更坚定，也更有主见，我可以强烈地感受到她对鹿安的爱和信任，她宁愿承受风险，也要维护这段感情，真的让我很动容。

然而，这些都不是重点，那天真正让我意外且无法接受的是，原来我又一次被余阮利用了，我一直都是他的诱饵——自从他被鹿安打败后，一直伺机报复，却始终没有下手的机会，我的自作聪明正好让他有机可乘。要知道现在还能够顺利把璐宛溪单独约出来的人，应该就只剩下我了吧，偏偏我还把这个消息提前告诉了他，而他之所以立即赶过来和我见面，根本不是因为在乎我，而是为了跟踪我……

是的，这些都是事后我豁然想通的，这才觉得是那么诡异却又那么必然，然而置身其中时却浑然不知，甚至当璐宛溪突然面色惨白地问我是不是已经告诉了余阮我们见面的事时，我依然不明所以，然后眼睁睁看着她疯了一样给鹿安打电话。我不知道她为什么要这样大惊失色，更不知道为什么鹿安的电话明明通了却始终没有人接听，接着我便看到她一边拔腿往外跑一边大声叫喊着鹿安的名字，直到此时，我才隐约明白了些什么，心中更是升腾起强烈的恐惧。我多么希望这一切都是我的臆想啊，可在璐宛溪的尖叫声中，传说中的女鬼没有出现，却出现了宛若鬼魅的余阮。

5

　　我必须承认，这是一次堪称完美的伏击，余阮这只荒原上的孤狼，再次展现出他的狡黠，而我则成了他罪恶的帮凶，我眼睁睁看着他从我的面前将璐宛溪掳走。我当然不会也不可以就此罢休，我必须在悲剧真正酿成之前，阻止它的发生。

　　我用尽全力，挣扎着从地上站了起来，脸上火辣辣疼，头很晕，脚很轻，好想吐。余阮真狠，刚才那拳一点儿都没留情，他就不怕活活打死我吗？来不及多想，我冲到外面，他早已不见踪影，我给他打电话，关机了，我想报警，迟疑了好一会儿还是放弃了，举着手机，四顾茫然，我该怎么办？他们去了哪里？我拼命地想，天旋地转，我蹲下来，死死抱着自己的脑袋，感觉快要窒息。就在行将崩溃之际突然眼前一亮，对，他一定在那儿，一个只有我知道的地方，不能再等了，我冲到马路中间，生生拦下一辆出租车，直奔那个曾被余阮当作藏身之所的屠宰场。

　　我猜对了，当我穿过散发着浓郁腥臭、到处是血迹的屠宰车间，走进那间阴暗潮湿的地下室后，果然看到了手脚都被捆着的璐宛溪，她昏躺在泥泞的地上，双眼紧闭，一动不动，好像死了一样。

我立即扑了过去，试图叫醒她，却被黑暗中的余阮迎面给了一个狠狠的耳光。

"谁让你来的？"余阮对我龇牙，狠狠威胁，"你要是敢把人带过来，我弄死你。"

我顾不上疼，更顾不上委屈，对他大叫："你对她做什么了？她是不是被你打坏了？"

"放心，我只是给她吃了点药，这样能安静地睡一会儿，省得坏事。"余阮打完我，重新躲进黑暗的角落里，幽幽地说，"看来我最好也让你吃两颗。"说完他点燃一根烟，狠狠吸了起来，随着火苗的一明一暗，映照出他那张阴冷的脸，竟然是那样的陌生和可怕。

"余阮，你放了她好不好？你这样会害死她的，也会害死你自己的，你知不知道啊？"我上前抱住他，苦苦哀求，"你现在收手还来得及，我保证可以说服璐宛溪，让她不报警，这样你就不会有什么事的，好不好？"

"不好！卢一荻，你是不是有病啊！"余阮粗鲁地推开我，将烟头狠狠踩在脚下，"我好不容易才走到这一步，现在我已经全面占据了主动，怎么可能放弃？"

"你……到底想做什么？你不会真的伤害璐宛溪吧？"

"那要看鹿安怎么做了，反正我已经把条件提给他了，十二小时之内，也就是最晚到明天早上七点钟，他必须拿出五千万来赎人，少一分都不行。"

"天哪！五千万！"我倒吸了口凉气，"不对啊，你不是想要他家那块地的吗？你不是说要和他合作的吗？怎么又变了？"

"没错，我改主意了，因为我等不及了，"余阮咬牙切齿，"财不到手不为利，既然都是为了赚钱，还不如直接一点，费那些事干吗！"

"可五千万不是小数目，这么多钱万一他一时半会儿拿不出来怎么办？"

"不管！那是他的事，反正到时间我拿不到钱就撕票，让他后悔一辈子，"余阮嘴角再次流露出那种诡异的笑容，"当然了，就算他给了，同样我也会让他后悔一辈子。"

"什么意思？你不可以言而无信，"我再次叫着扑向余阮，"你就不怕他报警吗？"

"不怕，"余阮很笃定地说，"他不会冒这个险。"

"那你就不怕我报警？"

"更不怕了，"余阮笑了，冷冷看着我，"你不会的。"

"为什么？"

"因为——你爱我，"余阮伸手在我脸上抚摸起来，尖尖的指甲划得我皮肤生疼，"你那么爱我，怎么舍得伤害我？如果你真想报警早就报了，还等到现在和我说这么多废话。"

"我……"

"卢一荻，不要再做那些徒劳无功的事了，你还记得我说过的吗？爱是一个坏东西，可我们都无力反抗，我们成为现在的自己，所做的一切，其实都是因为爱。"

不知道为什么，余阮说这些话时若有所思，语气也伤感起来，和刚才的凶残无情判若两人。不过他很快就调整好了情绪，恢复了理性："就算你现在报警也没用，一个人失踪二十四小时后警察才会立案受理，现在已经是晚上，等明天大家意识到有问题时，我们早已经不在这里，说不定已经到国外了。"

"我们？"我愣了下，"你什么意思？"

"傻妞儿，你还不明白吗？我冒这么大的风险，费尽心思做的这一切，全部都是为了我们。你不是一直劝我离开这里吗？我可以答应你，但是不能就这样莫名其妙地走，我必须狠狠赚一笔钱，为了我们的后半生，还有我们的孩子着想，我受了这么多苦，不可以让他再重复这条路，为了他，我做什么都值得。"

我必须承认，他的这些话真的让我非常意外，也非常感动。我真的太想和他一起远走高飞，太想和他拥有一个孩子，太想和他永远在一起不分开，可是，我残存的理性告诉我，我不能就这样信了他。如果这一切是真的，那么多少显得突兀，可如果是假的，他为什么要这么说？毕竟在他设的这个无比复杂的局里，我已经没有了价值，我怎么也想不出他还有什么欺骗我的动机。

"那你……为什么不早点儿告诉我？"我只能这样问，同时死死盯着他的眼睛。

"傻妞儿，如果早点儿告诉你，以你的狗脾气一定会阻止我，我就根本不可能拥有现在的大好局面，你说是不是？"他说得很真诚，也很流畅，眼神更没有一丝闪躲，我的疑惑在一点点消除。

我点头："可是，你现在为什么要突然告诉我。"

"唉，傻妞啊傻妞，你让我如何说你才好！"余阮长长叹了口气，"如果我现在还不告诉你真相，你同样会阻止我，以你的狗脾气，一定会闹得鸡犬不宁，而我也会前功尽弃。所以，没有办法咯，本来还想给你一个惊喜呢。"

说完，他竟然掏出了两张火车票，其中一张上赫然印着我的名字。

"票我已经买好了，明天早上八点，火车东站，不见不散，"他将我搂在怀里，在我耳边轻轻说，"傻妞儿，再等几个小时，我们就远走高飞，从此再也不回来。"

事已至此，我真的已经无话可说，因为所有话都让他说了。我也实在没有办法不相信他，他说得字字在理，更是付诸了实际行动，而我还处处怀疑他，为难他，确实做得很不合适。尽管如此，我还是控制着波澜起伏的内心，将口吻尽量调整得平和，流着眼泪对他认真说："余阮，如果你真的是在为我们的未来着想，你一定要答应我，千万不要真的伤害璐宛溪，最多就现在这样，只要你不伤害他，事态就不算严重。请你相信我，我真的不只是为了保护她，我更多是为了保护你，保护我们的未来。如果鹿安在你规定的时间内能把钱拿过来，那么我们就立即放人，然后离开；如果他不能，我们也放了璐宛溪，就当所有的事都没有发生。只要我们在一起，我相信一定还能赚到很多钱，只要你平平安安的，比什么都重要。你就当是我们未来的孩子恳求你，可以吗？"

余阮的表情始终凝滞着，但眼神却越来越温柔，听完我的哭诉后过了好久，缓缓挤出几个字——

"我答应你。"

6

当我眩晕着走出地下室时，发现天地已经再次被瓢泼大雨吞噬，闪电在空中交织出各种可怖的造型，雷声轰鸣宛如丧钟敲响，种种迹象表明，一场罕见的台风雨已经来袭，恐怖包围着这个城市的子民，谁都无法幸免。

根本打不到车，只能深一脚浅一脚地走回我租住的小房子，顾不上冲个热水澡，我便开始抓紧时间收拾起行李。我曾经无数次幻想过离开，却没想到这一天会来得如此突然，更没想到真正面临时，内心竟然充满了不舍，我不知道这一去什么时候才能回头，还是会在永无止境的逃亡中越走越远。

我惶恐，但不后悔，我紧张，却更期待，我期待和余阮远走高飞后可以组建一个小小的家庭，拥有属于我们的房子，我会将我们的家收拾得干干净净，装置得特别温馨，每天为他做好最可口的饭菜。我期待我们很快就有自己的孩子，或许还不止一个，最好是一个男孩儿和一个女孩儿，这样就能凑成一个"好"字。我期待我们的儿子长得像我，女儿像她爸，我们会付出所有去爱我们的孩子，绝不让他们重蹈我们悲惨的覆辙。

就这样，我彻夜未眠，一边收拾一边憧憬，不知不觉，已近黎明。蜷缩在沙发里，我一遍又一遍地看着余阮给我买的车票，再过两个小时我便会出发，然后八点在火车东站和余阮会合，整个行程在我脑海里演练了百余次，方方面面的问题都考虑周到，确保万无一失。经过一夜疯狂的电闪雷鸣，大雨已经小了很多，估计我们走的时候雨水将会停止，算是对我们的欢送。

等待的时光最为漫长，很快我迷迷糊糊进入了梦乡，也不知道睡了多久，突然被一阵急促的敲门声惊醒，我第一个反应就是余阮来了，应该是鹿安已经将赎金转账给了他，所以我们要提前离开。我赶紧过去开门，结果看到门口站着一位颇为风尘的漂亮女人。

究竟该怎么形容第一眼看到她时的感觉呢？明明很陌生，却又觉得似曾相识，可理智告诉我，此前我绝没有见过她，她更像是一个存在于我的想象中，和我有着某种神秘联系的女人。

她斜斜地倚在门口睥睨着我，表情很平静，平静中透露出冷漠的底色，分不清是敌是友。来不及细分析，我本能地试图同用样冷漠的眼神瞪向她，可四目相对时，我竟然有了一丝怯意，这是此前从未有过的感觉。

她究竟是谁？突然造访所为何事？我的心瞬间沉入谷底，只能用牙齿狠狠咬着舌头，以疼痛让自己获得一丝镇定。

就这样，仿佛一场决斗，我们看着彼此，谁都没有开口。

"哟，东西都收拾好啦，动作可不慢。"过了好一会儿，她才将目光从我脸上移开，看向我身后，然后嘴角流露出一丝不易察觉的冷笑，"哈，我说你这是有多想离开！"

"你谁啊？"我的口气难听极了，"找错人了吧！"

"你不是卢一荻吗？你不是再过几个小时就要和你的心上人私奔吗？"她边说边挤开我，自顾自钻了进来，"八点钟，火车东站，我没说错吧。"

"你究竟是谁？"我感觉自己的声音都开始颤抖了，"你想干吗？"

她没回答，一屁股坐在沙发上，点燃一根烟，然后目光再次落在我的脸上，缓缓说："我叫叶子，是余阮的妻子。"

7

在和余阮有限的恋爱时光里，我没少因为他的四处留情而徒增烦恼，特别是最初的那一个月，几乎每天都有女人打上门来，哭着喊着说她们才是最爱余阮的人，让我滚蛋，而她们的结局都一样，就是被我骂走或打跑，无一例外。

那时候的我任性更自信，勇敢且霸蛮，只要是我喜欢的，谁都不能从我手上抢走。可现在我做不到了，首先，我对自己和这份感情产生了严重的怀疑，再也没了当初那种不管不顾的劲儿；其次，从没有人像她这样说自己是余阮的妻子，我从她的眼神中看不到一丝慌张，我不认为她在撒谎。

我的心乱极了，我不知道为什么会在这个关键时刻突然冒出这样一个人，更不知道将要发生些什么。可我并不打算就此退让，毕竟这是在我家，不管她是谁，这样不请自来且充满挑衅，我就算不打不骂，总归也不能太好说话。

"哈，这些年说自己是他老婆的女人多了去了，一点儿都不新鲜，"我冷笑，看着她狠狠地说，"而且，她们个个都比你年轻。"

我以为她会回击，再沉稳的女人也无法接受别人说自己不再年轻，然而她竟丝毫不在意我对她的嘲讽，反而表情变得认真起来："好了，小姑娘，我知道你在想什么，今天我过来也不是要和你争风吃醋的，而是有一事相求。"

"你……说吧。"我突然有种被看穿的感觉，感觉始终被这个女人控制着节奏走。

她凝视着我的眼睛，一字一字地说着："你现在就报警，让警察赶紧把余阮抓起来，快！"

我瞬间愣住了，真的，如果不是天色已经发白，我肯定会以为自己还在睡梦中。一个自称我男朋友妻子的陌生女人突然让我报警将我男朋友也就是他丈夫抓起来，这实在太诡异了。

"我……你……他……"我实在不知道该说什么了。

她的语气顿时加重："时间不多了，一定要在他做出傻事前阻止他。"

"我听不懂你在说什么。"我乱极了，只能转过身子，不让她看到我的惊慌失措。

"卢一荻，我很爱余阮，相信你也是。"她不依不饶地走到我面前，眼神诚挚，"可你有没有想过，如果我们再不做点儿什么，很快就会永远失去他了。"

我不停摇头："你别说了，我不想听。"

"你应该很清楚余阮不管能否收到赎金，都会杀了那个女孩，"她没有停止，反而对我喊了出来，"等他真这样做了，那么他这辈子就完了，罪不可恕，一定会被判死刑的，明白了吗？"

"不，他说过他会放手的，他都答应我了，"我也大叫，"而且就算他真的犯事了，也不会坐以待毙，他可以跑啊！"

"真可笑，如果你相信他会放手，只能证明你还很不了解他。如果你相信他杀了人还能够跑得掉，那更证明你不懂法还藐视警察。我可以明确告诉你，如果余阮真的杀人潜逃，用不了二十四小时，他一定会被抓住，等待他的只有死路一条。"

"好，既然你这么笃定，你为什么不去说服余阮？你倒是劝他放手啊！你不是很懂他吗？你不是他妻子吗？"

"你怎么知道我没有？我做了，但是我也做不到，我不知道那个鹿安究竟是谁，更不知道余阮为什么那么恨他，为什么一定要伤害他让他痛苦终生。我只知道，现在除了警察，根本没有人可以阻止已经疯魔的他。既然我们爱他，不想眼睁睁看他毁了自己，报警是唯一的办法，你怎么还不明白呢？"

"就算我相信你说的都是对的，可为什么你不报警，为什么还要费这么多事来找我？"

"卢一荻，看来你真的比我想象中要笨很多，难怪你会对余阮那么死心塌地，"她的眼神瞬间又充满了戏谑，"这有什么不好明白的呢？如果我报警了，他一定会恨死我的，那我就什么都得不到了。可是你不一样，你本来就什么都没有，就算他恨你，也好过对你没有什么记忆，不是吗？"

"放屁，你凭什么说我什么都没有？"我怒不可遏，"我不管你究竟和余阮什么关系，那都是过去时，现在余阮喜欢的人是我，他选择的人也是我，将来能给到幸福的人还是我。"

"我的天，他选择的人是你？你这是哪来的自信啊！"她一脸莫名其妙，仿佛刚听到了一个最为荒诞的笑话，"都到这份儿上了你还想不明白吗？余阮从头到尾都没真正喜欢过你，对他而言你不过是一枚棋子罢了。"

"你胡说！"

"我没有，余阮把你为他做的事都告诉我了，要不要我现在给你复述一下：你怎么为他打的胎，怎么报复他临时又反水，怎么为了他出卖朋友……"

"不要说了！"我嘶吼，精神濒临崩溃，蹲在地上，"求求你！"

"小姑娘，没想到你年纪轻轻，做的事还挺疯狂，有点儿当年我的影子，只是你确实太蠢了，以为这样就能够感动余阮，他肯定又说了什么让你心动的承诺吧？快醒醒，别做梦了，他未来的计划里根本就没有你，"她也蹲了下来，然后掏出一张车票，在我面前晃了晃，"你知道吗？余阮只要拿到钱，就会立即带我们走，票都买好了。"

我看到车票上的时间比我和他约定的要早半小时，而且不是同一座车站，前往的也不是同一个目的地，一个向北，一个向南。

我几乎要瘫倒在地，喃喃道："不可能，这绝对不可能。"

"他自信可以拿到钱，可以伤害到鹿安，更可以全身而退带我们远走高飞，可惜我没他那么乐观，我必须阻止这一切。"说完，她看了看手机，声音颓了下来，"时间，真的不多了，再晚，谁也救不了他了。"

我痛到极点，反而冷静了下来，我抬头，看着她，一字一字地说："你讲的故事真的很精彩，我也相信余阮确实不会选择我，但我相信他更不会选择你。你和我一样，都不过是他的棋子，不管你和他有过怎样的故事，他现在都不会对你有半分留恋，所以你和我一样，都是失败者。而现在他的手中，一定有第三张车票，和你我都无关。"

我的话音刚落，外面一道闪电将房间瞬间照亮，接着天地间充满了轰鸣，我看着她面如死灰，眼神也变得空洞起来，我知道，我一定猜对了。

只是我猜中了开头，没猜中结尾。

"你说得很对，我最大的失败就是在他还深爱着我的时候没有珍惜，一次又一次伤害了他，直到他离开了我，才后悔莫及。现在的余阮的确已经不会再对哪个女人有感情，包括我，更不会为哪个女人改变自己，也包括我。不过没关系，现在还有一个人可以改变他，为了他，余阮愿意放弃一切。"

"谁？"

"我们的儿子。"

8

我知道余阮对我隐藏了很多秘密，我也竭力想象过他会有哪些秘密，但我怎么也没料到他竟然有儿子，而且他的儿子都那么大了。

当她打开手机相册，我看到屏幕上那个幼童照片的第一眼，就可以断定一定是余阮的亲生骨肉。

太像了，无论哪个角度看，都是余阮的翻版，尤其眼睛，里面竟然也闪烁着一丝坚硬和孤僻。

我该怎么形容那一瞬间的感受呢，没有很痛，也没有很崩溃，甚至，显得太平静，那是因为痛到了极点，崩溃到了尽头，心如死灰的感觉大概就是如此吧。尽管以前也有过好几次对余阮这个人绝望过，但没有哪一次像此时此刻如此彻底，是的，我终于相信余阮从头到尾都没喜欢过我，他真的一直在利用我、玩弄我，而他的未来也根本就没有我，他对我说的所有的所有，都是谎言，承诺的一切的一切，全是虚妄。

多么无望的爱，多么卑微的爱，一而再，再而三，一次次希望，结果还是骗局一场，短短半个小时，从天堂到地狱，我真真切切走了一个轮回。

可事情还没完，我必须继续承受这无穷无尽的折磨。

我听到她长叹了一口气后继续对我说："现在你该相信我了吧。其实我这次过来找他不是为了自己，而是为了我们的孩子。当年我一次又一次地伤害了他，他也用最恶毒的方式报复了我，在我怀孕并且决定好好和他过日子时突然消失不见，生生将我刚刚重燃希望的人生毁了……

"这两年我一个人把孩子拉扯大真的很辛苦，好几次都濒临崩溃，真的快活不下去了。我一直没有放弃打听他的消息，可是始终音信全无，就像死了一样，事实上，我也的确做好了他已经不在人世的准备，他这种人不可能活得长的，冻死、饿死、喝醉摔死、被人砍死都有可能，可是活要见人，死要见尸，不管是死是活我都要找到他，亲口告诉他，他已经有了儿子。

"就这样，我一直找啊找，四处流浪，心中越来越不抱希望，可前阵子突然听人说他竟然成了这里的大哥，还赚了很多很多钱。我不图他这些钱，可是孩子没理由跟着我受苦，他身为父亲，也有养育的责任，所以我赶紧带着孩子过来了。还好，他虽然对我已经没有情意，但孩子还是认的，他俩真的太像太像了。他说看到了我们的儿子就想起了自己凄惨的童年，他不想让我们的儿子像他一样在恐怖和绝望中长大，所以他要立即赚很大一笔钱，然后带着我们远走高飞，从此隐姓埋名，不问江湖事，安心将孩子抚养成人。如果这一切都能成真该多好，可惜不可能，如果他真杀了人，我们的儿子就会永远没有了父亲，如果在他杀人之前阻止他，至少孩子将来有朝一日还能见到自己的父亲，孩子是无辜的啊……"

说完她已泪流满面，泣不成声，更是突然抓住我的胳膊，对我苦苦哀求："卢一荻，求求你成全我们，赶紧报警吧，真的就要来不及了！"

直到此时，我才算明白了她全部的动机。孩子的确是无辜的，可难道我不是吗？他们需要我来成全，谁又想过来成全我？她真的好自私，也好无情。

我用力甩开她，厉声质问："既然他如此对我不仁不义，现在我恨他还来不及呢，为什么我还要帮他？"

"因为你爱他，你依然想拯救他，不是吗？"她抽泣着，看着我，声音急剧颤抖，眼神却犹如秃鹫，"爱是一个多么坏的东西啊，你爱过，也痛过，你明明知道，却毫无办法，我们都没有办法。你已经为他牺牲了那么多，现在就是你最应该牺牲的时候。赶紧报警吧，再晚的话，你最好的朋友，你最爱的男人，还有我们全家，就都被你毁了。"

9

狂风大作，电闪雷鸣，本已消停的天空突然再次降下瓢泼大雨，人间一片混沌。

那个名叫叶子的女人在说完这番话后便匆匆离开，消失在风雨中，仿佛从未出现过。

而我，在经历了短短数分钟却感觉异常漫长的窒息般疼痛后，艰难地，颤抖着拿起手机，拨打110。

电话很快接通，我对着警察疯狂喊叫："我报警，有人在杀人，你们快来啊……"

二十分钟后，我随着大批武警、特警、消防员组成的车队疾驶向屠宰场，在我的指引下，警察在地下室周围布控好后，由两名特警使用专业工具破门而入。

房间里依然潮湿、阴暗，充满了刺鼻的腥臭味，只是已经空空如也，余阮和璐宛溪早已不知去向。

Epilogue
1
STRAWBERRY
草莓

卢一荻

———

尾声一
后会无期

尘归尘，土归土，三天后，一切结束。

璐宛溪得救了，除了一些外伤以及精神上受到的刺激，整体而言，她并无大碍，这算是不幸中的万幸。

鹿安受伤了，伤得挺重，现在还在医院等待二次手术。为了救璐宛溪，他宁可牺牲自己的尊严，明知前方有多危险，也要一步步走进余阮为他设计的陷阱，受尽折磨，更是差点付出了自己的生命。只是那个大雨滂沱的清晨，在他和余阮之间究竟发生了怎样惊心动魄的争斗，只能待他康复后亲自为大家讲述。

余阮被抓了，听办案的老刑警说，他这种绑架勒索、杀人未遂、潜逃拒捕的情节特别恶劣，最终判决必然会很重——但命肯定也能保住——对我而言，这就是最好的结果。只是他不会这么想，我永远不会忘记他在逃了整整两天后被抓时的眼神，当他看到我也在现场时，突然疯了一样对我嘶吼："卢一荻，是你报的警吧，等我出来，一定让你生不如死……还有，你告诉鹿安，我和他之间的恩怨没完，我一定会回来的。"说完又发出一阵让人毛骨悚然的狞笑。

呵！这就是我最爱的男人留给我的最后一面，我做的这一切都是为了他，可他还是会恨我，爱情果真是个坏东西。

可是恨呢？难道恨真的能解决问题吗？
当然不能，爱做不到的事，恨更不可以。
我们真正要做的应该是放下和忘记，然后重新出发。

是的，我将收拾好行囊，启程去我向往的地方，完成未尽的梦想。
轰轰烈烈爱过，真真切切疼过。
就让我的青春随着遗憾永远留在这里，从此人间再无卢一荻。

Epilogue

2

STRAWBERRY

草莓

——

尾声二
完美少年

我醒了，医生都说是奇迹。

只是我的记忆还停留在回国前一年的荷兰。

在那里，我认识了一个完美少年，叫鹿安。

在那里，我们度过了一生中最美的时光。

现在，我迫不及待地想要看到他，和他重新开始……

Season

2

Strawberry

the
End

Postscript

草莓

后记

2019，
清零，
从心再出发

无论何时何地，"成长"都是我们要共同面对的主题，在这点上，不管是前面那十几万字的正文故事，还是这里几千字的后记，真正想表达的其实是同一件事，认真的你，看完后一定会明白我的良苦用心。

—— 一草

1

近期有两件事，让我颇多了些感悟。

第一件事是前阵子在网上愈演愈烈的"Me too"事件，看到了很多勇敢的女生现身说法，讲述自己被性侵的可怕经历，其中还有我朋友，当然"凶手"也是认识的人，所以会有别样感受，觉得这事儿离我不远。再联想起写少女成长小说的这几年，太多孩子在看了《青是受伤，春是成长》《曾经的我们，最好的时光》，以及《草莓》后，在线向我倾诉她们遭遇的类似经历，并真诚告诉我，是我的作品让她们得到了安慰和治愈，更让她们知道自己并不孤独，所以要特别感谢我。

第二件事，一位辽宁读者在我公众号后台很认真地问："叔，女生可以和没感情的男孩上床吗？"

我想了想，答复："不可以吧。至少，不合适。"

她又问："那你小说里为什么要这样写？我看了都产生了自我怀疑，以为是我自己的问题，郁闷了好几天呢。"

她这句话也让我郁闷了好几天，虽然已经记不清是哪本书里的情节，但我相信我确实写过，只是真没想到我的无心之作，竟会对读者有如此影响。

那么，将这两件事结合起来，我其实想说的是：年轻的读者往往是很真诚的，她们愿意去相信，这是一种难能可贵的品质。而文字却没那么简单，或许写出来容易，但收回去却很难，它可以很好，也可以很坏，可以救人，也能够害人。因此，身为一名文字创作者，我必须加强自身的社会责任感，更要注意作品的价值导向，对笔下的人物和故事进行更多的自审，确保其积极正面。唯有如此，才能够陪读者走得更远，对得住读者的更多期待。

这绝非照本宣科式的宣言，而是内心实实在在的感悟。坦白地说，我以前在这方面是缺失的，至少是缺乏的，我更多考虑的是自己的创作体验，甚至为了哗众取宠而语不惊人死不休，忽略了读者的阅读感受。现在想想，确实有失妥当——回到我今后的作品上，如何写出那些真实甚至残酷的成长故事，给读者以美好和力量，但不要去诱导，更不能取巧，将是其重点和难点。

也正是伴随着这些思索，我开始了《草莓2》的写作，一写就是十个月。

2

该怎么形容《草莓2》的创作感受呢？用前所未有来形容，也不算夸张吧。

此前，我曾不止一次描述过写长篇的感受——犹如孤身在黑夜里跑马拉松，会很累很惶恐，甚至很容易崩溃，虽然知道有一个地方是终点，却始终看不清脚下的路，更不知还要挨多久。于是只能小心翼翼，踌躇前行，来回折腾，不断试错，费时费力不说，对身体和心态更是莫大的考验，以致半途而废，实在再正常不过。

然而以上的绝大部分感受，在写《草莓2》时统统没有，原因很简单，这一次，我不再孤独。

我不再孤独，是因为有了很多可爱又热情的读者朋友一路陪伴相随，用掌声和欢呼照亮了我前行的征途。她们基本上都是通过《草莓》认识的我，通过微信公众号诉说着对《草莓》的喜爱，以及不停追问《草莓2》

究竟什么时候可以出来。

如你所知，一个人在被需要的时候，是会产生强大的动力及深深的责任感的，特别对我这种"一直在努力，从未成功过"的大龄写作者而言更是如此（哈哈，我总是习惯自黑，不过事实就是如此，很戳心有没有！），颇有些枯木逢春的美好意味，以致我在一段时间内相当飘飘然，而愉悦过后则是浓烈的不真实感：《草莓》有那么好吗？我真的不是在做梦吗？啊！如果是，那就永远都不要醒来吧……

不管如何，有了大家的陪伴和鼓励，《草莓2》创作之顺利是前所未有的，虽然比计划晚了几个月，不过作品更成熟也更好看了，更重要的是，让我有了足够信心和思绪去构思《草莓》三部曲的最后一部"鹿安篇"，真的超值！

而关于大家对《草莓2》究竟何时能上市的询问，我的答复数次更改，在此记录一下，徒增笑尔——

2018年三月时，我的统一说辞是：等你们暑假归来，回到校园，就可以看到啦！很快有没有？！

结果到了七月，稿子才写一半，要想九月出版绝无可能，于是口径变成了：待你们那里大雪纷飞之时，就是《草莓2》出版之日——我本想怎么着也能再争取四五个月时间吧，结果国庆刚过，一位读者就给我发来视频——好大的雪啊！有没有搞错，北京还穿短袖呢——视频里传来幽怨的画外音：草叔啊，看到我们呼伦贝尔的雪了吧，请问说好的《草莓2》呢？

十月底，稿子终于写完了，开始进入出版流程，这至少需要三个月，恰好赶上春节，又要延误一个月。因此，《草莓2》的实体书和大家见面，应该会是在今年三月，正是大地回春、万物复苏的好时节。

在此真心希望一切顺利，可以给我的2019来一个漂亮的开头。

3

回望刚刚过去的 2018，万千感叹化为一句：不容易。于我而言，已经很多年都没有像去年那样充满喜悦、动荡和不安，内心更是激动和惶恐并存，个中滋味，无以言表。

所有这些变化都源于家庭和事业，两者息息相关，彼此影响，共同谱成了我 2018 的悲喜剧。

很多朋友都知道，草叔在当了多年职业经理人后，于 2017 年年初选择了创业，成立了一家叫"优阅优剧"的文化公司，主做"新人作家和作品的孵化"，我和丁丁、铁拐、望京小姚自封为"优阅四侠"，在望京嘉美中心八楼的办公室每天激情万丈地奋斗着，签了不少作者和作品……这些我在《草莓》后记里都有记载。总之，我对我们的未来充满信心，很多报道都说创业公司很难熬过头一年，对此我嗤之以鼻，觉得怎么可能嘛？瞧我们天天有吃有喝，有说有笑，日子过得不要太好哦！

然而——对，重点就是然而——我们还是不幸被说中了，虽然不是熬不下去，但不过一年多团队便"解散"，很多签约作品被解约也是不争的事实，从这个角度而言，我的创业，确实夭折了——至少是，阶段性失利，承不承认，面不面对，都是如此。

责任当然在我，因为我是创始人，也是决策者。团队解散自然非我所愿，客观原则是去年初我迎来了一个看上去很美的职场契机——去一家知名的文化传媒集团担任高级副总裁，负责旗下出版公司和影视公司的管理运营。虽然此举会中断我的创业，但却可以拥有更多资源去践行我"服务作者，为作者赋能"的理念，也能给我的签约作者和作品提供更大的平台，我真的没有理由拒绝。

就这样，我开开心心带着小伙伴们一起来到这家公司，大家的职位和收入都得到了显著提高，斗志也更加昂扬，我很欣慰。只是好景不长，我的状态似乎并不符合这个职位的要求，而就在心中萌生退意之际，恰逢家庭发生了巨大变化——我有两个房间，一个房间迎接新生，一个房间面对死亡——总之，家人前所未有地需要我的陪伴，于是很快做了离职决定，并无心再创业，就此离开职场，回归家庭，成了一名"全职主夫"。

4

是的，我在 2018 年迎来了生活的新篇章，在此之前，我人生的列车已经在职场这条轨道上高速行驶了十多年，经历了从"毕业了一无所有"到"年薪百万"的全过程，我足够勤奋，又很好胜，对自己永不满足，无论遭遇怎样的挑战，都从不害怕，经历怎样的挫折，从不气馁，只因有着改变命运的强烈信念。如果不出意外，我将会在这条路上走得很远很远……然而现在的这一脚急刹车，我竟然和职场说起了再见，虽然只是暂时的，但也特别不适应。还记得"失业"第一天的早上九点，我一如往常收拾完毕，出门开车，突然意识到不知道该去向何处，只能漫无目的地在大街上转圈，心中的那份失落、惶恐、委屈、焦虑、恐惧，无以复加。而在接下去的一个多月，这些情绪愈演愈烈，好多次都感觉差点儿就受不了了，恨不得能够立即找工作，重归职场，非此不得安生。

好在人显著的优点之一（或是缺点之一）便是能够适应环境，不过一个多月后，我便完全习惯，甚至享受起了这无比自由的生活——没有人管，也不需要管别人，每天睡到自然醒，想干啥就干啥，想去哪儿就去哪儿，从来不用担心工作上的事（因为没工作了嘛），天天都是星期天，真的好开心！

更重要的是，可以有大量的时间陪孩子，不错过他们成长的每一分。

就这样，现在的我，明明生活在北京，却过着小城市的悠闲日子（我所在的望京大小和一般的地级市相当，但要繁华许多，商业和生活设施应有尽有），明明正值壮年，却过着退休般的慵懒生活（我每天的大体流程是：起床送孩子上学，去公园跑步，去菜场买菜，中午吃饭后小睡一觉，接孩子放学，晚饭后去拳馆练习，上床睡觉，中间的零散时间用来看书、写作、放空）。加上因为早期做的几笔投资，让我现在有着非常可观的收入，整体来说，除了离梦想越来越远，小日子过得真心不赖。

"所有的事都是好事"，这是我的座右铭，也是我的精神胜利法，再一次，我从纷繁动荡的生活中找到了怡然自得的突破口，从此宛若一个赢家。

然而，我并不满足，我当然不能满足。

因为只有我自己心知肚明，我其实是个如假包换的失败者，因为我现在拥有的这一切，并不是我的初心。我真正想要、想成为的，还远远没有实现。以往总是太过忙碌，在惯性的驱动下只有劳作，少于思索，现在停了下来，正好可以将心态清零，对过往认真梳理，直面问题本质，找出"失败"的前因后果。

是非当然没那么容易甄别，答案也没那么容易得出，但经过这段时间的学习和思索（我的闲书以财经、商业类为主，辅以一些文学和心理类作品，在此要特别感谢李笑来老师，他的几本奇书给了我新的自我认知角度），似乎可以明确得出几点结论——

（1）我之所以还离自己的目标相差甚远，不是因为知道得太少，而是太多，太杂，太琐碎，在单点上没有做到极致，整体太过平庸；

（2）对于时间，太过放纵，看上去比谁都忙，实则浪费了太多，一句话：不够专注；

（3）太过相信自我主观的判断和感受，忽略了方法论——个中重点在于遵从每个事物的规律性，背后根源则是对自己要求不够，自己骗自己，得过且过，因为这样最省力，而且似乎也能过得不错——大多数人在这上面都犯了错误，成功其实是自己的选择，每个人都可以很成功，至少比现在成功，只不过需要你去主动打破舒适区，去交换一些能量，比如时间、精力、生活状态，甚至是热血、生命）。

因此，如果想突破现状，其实也很简单：给生活做减法，然后专注专注再专注，遵从事物内在的规律，实现单点突破，最后再以点带面。

拿我自己举例子，这几年，我又是创业，又是写作，还要管理公司，本来天赋很一般，能力也有限，同时做这么多事，根本搞不好。现在就应该"断舍离"，确定核心任务，比如专注写作，然后好好看真正优秀的文学作品，认真学习其技巧，反复大量练习，唯有如此才有可能写出真正的好作品。

人生困境是不分年龄的，现在看到这些文字的你，正面临着怎样的困境，又该如何突破呢？

6

不管如何，回头看来，这次"失业"更像一个契机，在历经人生五味后，让我更加认清楚自己，并且获得继续前行的方法和智慧。

现在，我将这些统统写了下来，包括我的脆弱和痛苦，我的思索和领悟，我不回避，更不掩饰，只希望能够对我的读者有一些正向的启发，如果我可以做到，那就真的再好不过，这是作为写作者的我最大的幸福。

无论何时何地，"成长"都是我们要共同面对的主题，在这点上，不管是前面那十几万字的正文故事，还是这里几千字的后记，真正想表达的其实是同一件事，认真的你，看完后一定会明白我的良苦用心。

7

最后照例是致谢环节。

首先要真心感谢喜欢《草莓》的读者朋友，是你们给了我莫大的力量和信心去完成这部作品，相信我不会辜负你们的期待，也渴望我们可以一起携手走得更远。

要感谢和我暂时分开的"优阅"另三侠，期待我们早日重聚，希望你们过得越来越好。

感谢我的亲密战友包包同学，以及依然和我并肩奋斗的小伙伴们，能够和你们在一起，是我做过的无比英明的决定。

感谢为这本书的出版给予了大力支持的星文文化和浙江文艺出版社的新老朋友们。

感谢本书设计师熊琼，今年是我们合作的第十年，很开心我们可以继续见证彼此的成长。

感谢本书模特张逸凡，她是我的签约作者，一个集智慧、美貌和个性于一身的女子，期待早日看到她的长篇处女作。

最要感谢的还是家人，不晓得从何时开始，我变得很少提及你们，你们是我最宝贵的财富，是我唯一不愿和这世界分享的美好。

亲爱的朋友，生活还在继续，成长也远未停止，让我们一起终身学习，做时间的朋友，清零，从心再出发。

今年暑假，《草莓·第三季：愿有人替我去爱你》，不见不散！

你们的草叔

2019-2-14

关注草叔微信，遇见更多同类！

草莓

Activity

STRAWBERRY

活动

我有一支笔
寻找有故事的你

有些故事已经结束，有些故事正在发生。

有些故事讲出来才可以真正告别……

我有一支笔，寻找有故事的你。

我一直都在等你。

你又在哪里？

—— 一草

1

"草叔，你 2013 年写的《青是受伤，春是成长》，是我唯一看了超过
10 遍的书。我对你的了解很少，也不知道你出了多少书，更不知道 4
年前你做的事是否还在继续，就是这样一个什么都不知道的我，被你的
书打动了。那是我的样子，也是我想活成的样子，更是我不愿有的样子。
如果你愿意，我可以把我的青春讲给你听。没有小柔的故事那么让人心
疼，也没有一静的身世那么坎坷。仅仅是小小的我，一些平淡却此生难
忘的故事。我有故事，你有兴趣吗？"

这是前不久一个 16 岁的湖北女孩在我微信公众号上的留言，透过文字，
我感受到了她的真诚、沉稳，以及平静表面下能量巨大的暴风。

我立即回答：我有兴趣。

随后的一个多月，听着她断断续续讲述自己成长中的那些沉重过往、累
累伤痕，即便成熟如我，也不禁感叹唏嘘，同时更加坚定了要举办这个
活动的决心。

是的，说出自己的故事，特别是那些成长中隐秘的、伤痛的、可怕的，
甚至难以启齿的故事，并不是件容易的事，但为什么还要去说？

因为只有说出来，才能告别；只有再次面对，才能真正遗忘。

更因为，这世上不只是你一个人有如此经历，承受着山一样的负担，惶惶不可终日地面对每一天。

其实，很多人和你一样，你一点儿都不特别，一点儿都不孤独，一点儿都没有必要自怨自艾。

是的，你不知道，我却知道。

2

11 年前，我开始酝酿创作"少女残酷成长"小说，感谢我的几位 90 后朋友讲述了她们的故事，于是有了这个系列的第一本《青是受伤，春是成长》。6 年前，当我意识到我可以去写下更多少女在成长过程中的隐秘过往，我开始了"我有一支笔，寻找有故事的你"的主题活动，鼓励有故事的她们去讲述，去回望，因为伤痛和恐惧是无法真正埋葬的，阳光才是最好的解药。

6 年来，一共有 300 多位朋友为我讲述了她们的故事，有的只有寥寥数语，有的长篇累牍，有的故事云淡风轻，有的绝对让人触目惊心，而每一个故事都让我难忘，每一个讲故事的人更是宛若在眼前。

对创作者而言，这些都是最宝贵的财富，我无比珍惜，并且希望继续。

3

所以，我决定，将这个活动继续下去。

如果你认为自己可以了，请加我的微信公众号，然后留言告诉我你的故事。

或者，把你的故事安静地写下来，发给我。

如果你认为时机还未到，没关系，你永远不要强迫自己，永远要跟随自己的内心。

我的微信公众号和邮箱文后都有，我随时都能看到你的故事。

然后，我会给你回复，和你聊天，还会酌情把你的故事写下来，变成小说，从此封存。

我想那一定是送给记忆最好的礼物。

4

有些故事已经结束，有些故事正在发生。
有些故事讲出来才可以真正告别……
我有一支笔，寻找有故事的你。
我一直都在等你。
你又在哪里？

草叔邮箱：32837645@qq.com

草叔微信公众号二维码：

草莓3:
鹿安

曾经的暴力少年何以成为现在的鹿安？

神秘的草莓又是怎样的女孩？

在遥远的荷兰，他俩究竟发生了什么故事，会彼此影响，纠缠至今？

又是什么意外，让他沦落为阶下囚，她成为植物人？

而现在，草莓意外醒来，鹿安该如何面对曾经深爱的她，又该如何面对

现在深爱着的七七？

一切的一切，尽在《草莓》三部曲大结局——《草莓·第三季：愿有人

替我去爱你》。

2019 年 7 月，草莓再生，鹿安归来，敬请期待！

图书在版编目（CIP）数据

草莓．第二季，爱的交换 / 一草著 .—杭州：浙江文艺出版社，
2019.4

ISBN 978-7-5339-5603-5

Ⅰ．①草… Ⅱ．①一… Ⅲ．①长篇小说－中国－当代
Ⅳ．① I247.5

中国版本图书馆 CIP 数据核字 (2019) 第 034331 号

CAOMEI · DIER JI：AI DE JIAOHUAN

草莓·第二季：爱的交换

一草　著

出版发行　浙江文艺出版社

地　　址　杭州市体育场路 347 号（邮编 310006）
网　　址　www.zjwycbs.cn

责任编辑　瞿昌林
责任印制　张丽敏
装帧设计　熊　琼

印　　刷　北京盛通印刷股份有限公司
经　　销　浙江省新华书店集团有限公司
开　　本　700 毫米 ×1000 毫米　1/16
字　　数　200 千字
印　　张　19
版　　次　2019 年 4 月第 1 版　2019 年 4 月第 1 次印刷
书　　号　ISBN 978-7-5339-5603-5
定　　价　45.00 元

优阅优剧

青春言情，就看"纸上偶像剧"

Season · 草莓 · Season

2